地狱猎兵

第一部 上

墨熊　著

金城出版社有限公司
·北京·

图书在版编目（CIP）数据

地狱猎兵．第一部 / 墨熊著．—北京：金城出版社有限公司，2020.7
ISBN 978-7-5155-2021-6

Ⅰ.①地… Ⅱ.①墨… Ⅲ.①幻想小说—中国—当代 Ⅳ.①I247.5

中国版本图书馆CIP数据核字（2020）第084897号

地狱猎兵·第一部

作　　者　墨　熊
责任编辑　张礼文
责任校对　丁洪涛
责任印制　李仕杰
开　　本　880毫米×1230毫米　1/32
印　　张　14
字　　数　200千字
版　　次　2020年7月第1版
印　　次　2020年7月第1次印刷
印　　刷　天津旭丰源印刷有限公司
书　　号　ISBN 978-7-5155-2021-6
定　　价　66.00元（全二册）

出版发行　**金城出版社有限公司**　北京市朝阳区利泽东二路3号　100102
发 行 部　(010) 84254364
编 辑 部　(010) 84250838
总 编 室　(010) 64228516
网　　址　http://www.jccb.com.cn
电子邮箱　jinchengchuban@163.com
法律顾问　北京市安理律师事务所　（电话）18911105819

目录

楔　子

伯爵摊开血迹未干的右手掌，抬起头，发现最他妈可气的是，偏偏在这个时候下雨了。

伯爵的名字当然不叫伯爵，但不知从什么时候起，他开始喜欢这个不知什么时候出现的外号——这让他觉得自己很有文化，能掩饰他暂时还不识字的尴尬。

他其实远比大部分有学历的队友聪明，毕竟在这个时代，如果你有学历还选择加入地狱猎兵，智商想必也不会太高。

比如，眼前的这两位队友。男的叫洛羽，从异国他乡过来讨生活，看起来像血气方刚的愣头青，竟然接受过两年系统的外科医护培训，在小队里担任军医。到目前为止，他的表现还算合格，至少没锯错别人的腿。

伯爵曾经问过他，就算暂时不能在余烬城里谋生，为什么不到隔离区的某个镇子里做事儿？在那里，他既安全又受人尊敬，干几年后有了人脉和资历，自然就能以“技术人才”的身份获得余烬城的公民权。

洛羽是怎么回答的呢？

他说，老子就是要干烂那些车匪路霸、流寇暴民的狗头，当医生没有这样的机会。当时的伯爵，从洛羽怒火燃烧的双眼中，看到了无数悲怆的故事——比如说母亲被土匪奸杀、父亲被卖做奴隶之类。然而，种种事实证明，他的父母在遥远的中国种地养猪，活得绿色又健康。他只是单纯地想要干烂很多人的狗头而已，无论他们是不是车匪路霸、流寇暴民。

所以，从某种意义上说，这位“军医”也算是找对工作了。如果这次任务结束后，他能生还，伯爵就向最高统帅部建议，派一个真正的医生入队，让洛羽去扛火焰喷射器，那个工作更适合他。

伯爵的视线落在另一位队友身上。这位名叫菲比的棕发少女，与洛羽相比，简直就是完全相反的极端。她父母双亡，从小在姐妹会的教团里长大，斯文白净，知书达理。她参加地狱猎兵的原因，则是教团的推荐与她有一颗救世济民的慈悲之心。在半年的相处中，伯爵渐渐发现，她的“圣母情怀”并不是吃饱撑出来的，而是源自狂热的信仰和融入骨髓的一种强迫症。

她第一次枪杀自寻死路的悍匪后，还满怀悲悯地对着尸体念念有词，整个小队都仿佛被她的善意感染，围着那个人渣的尸体默哀三分钟。

毫无疑问，伯爵相信他俩的智商不会太高，甚至可以说，在整个小队中是最低的。但天命不由人，现在，他俩却是小队中除了他以外的幸存者。

当然，从“生理”上说，队长卢西奥还没有死。他躺在洛羽的怀里，目光迷离，嘴唇轻嚅，乌紫的秽迹正通过他左半身的血管向上涌，已经没过脖根儿，眼瞅着就要爬上下巴。

以在蛮荒之地混迹十多年的经验，伯爵判断，距离这位英俊帅气的队长变成行尸走肉般的暗傀，也许半个小时，也许二十分钟。

“他还有救吗？”出于对医护人员的尊重，伯爵还是问了洛羽一句。

“你说伤口？”洛羽抹了抹额头的汗水，“还是光化感染？”

“当然是感染，你不是已经处理过伤口了嘛！”

“你有药吗？”

“你是医生，为什么问我有没有药？”

“哦，那就没救了。”洛羽很干脆地应着，还用手抹了一下卢西奥的额头，随后从怀里掏出半根没吃完的火腿肠，毫不顾忌地啃起来。没错，是火腿肠。

他从什么时候开始变得如此麻木不仁？就连见惯生离死别的伯爵，面对奄奄一息的卢西奥都不免心生痛惜，这个入行没多久的毛头小子，怎么是这副德行？

“你确实应该去扛火焰喷射器了。”伯爵低声嘀咕，摘下眼镜，轻轻捏了捏鼻翼。他并不近视，但做出这个动作，可以让他显得很有涵养，以掩饰人人都知道他不识字的尴尬。

“现在我们有两个选择。”伯爵轻轻摘下肩上的AN94突击步枪，用缠满廉价胶带的枪托撑着地面，再掏出精致的银色小酒壶，“第一，咱们干了这壶野人酿的马尿。它叫什么来着？”

“松花酒。”洛羽没好气地说。与此同时，菲比也扭过头，满面愁容地盯着伯爵。

“对，松花酒。”伯爵点点头，“咱们继续执行任务，把马尔科姆这个叛徒和他的傻×老板抓回余烬城接受审判，然后枪毙。当然，咱们也可以先枪毙他，再带尸体回去接受审判。至于到底怎么办，咱们得视他们的配合度决定。”

“但我们只剩下一顿补给了。”菲比皱着眉摇摇头，“龙骑兵的支撑点都被暗傀淹没了，再继续向北，更找不到补给站了。”

“向龙骑兵总部申请投送三个人的补给呢？”洛羽建议道，“我们的贡献点数应该够的。不，肯定够的。”

“不可能！”伯爵摇摇手指，指指卢西奥，“申请投送的权限，在队长和副队长手里，更不用说汪婷已经被暗傀吃了，没有人也没有设备能和余烬城联络。”

汪婷，就是小队的通信员，十天前伯爵还对着她意淫来着。想到她，他不禁轻轻叹口气。

“好吧，这是第一个选择，显然行不通。”洛羽也长长叹口气，“第二个选择是什么？”

伯爵瞥了他一眼：“第二个选择，咱们径直向南，避开暗傀爆发区，绕回摩塔镇，大概三天的行程，然后睡个好觉，再折回余烬城。”

“空着肚子在蛮荒之地走三天？”洛羽苦笑道，“你想听听专业医生的意见吗？我们会饿死在路上的！”

“不能放过马尔科姆，绝不！”菲比将皓齿咬得“咯咯”作响，“神说，他罪大恶极，必须受到惩罚。”

“你们的神还管这个？”

“与马尔科姆串通的同伙袭击了教团的救济车队，还玷污了两个姐妹。不用神发话，我都知道以他的罪孽，足够判几回死刑的。”菲比为了证明自己的论断无误，还加重了语气。

“你没有听明白吗，大小姐？”洛羽苦笑道，“别说声讨什么罪孽，咱们现在回都回不去，马上就要饿死在这座荒山里啦！”

伯爵不禁觉得有些好笑。早已形成习惯的生存本能，总是让他多带两块可能发霉的压缩饼干和过期的净水药片。目前这三个人，靠着这点儿给养，灰头土脸地爬回余烬城，应该还不成问题。

然而，这两个没有经历过战后那段最艰苦岁月的小青年，压根儿就没见识过地狱的成色，却敢加入地狱猎兵招摇过市。那个菲比小娘们儿，竟然还穿着教团的白色制服和白丝裤袜，她以为这是春游吗？

“我像你们这么大的时候，道上流传一句格言。”伯爵决定给他们一点儿暗示，便指着行将就木的卢西奥说，“‘如果身边还有个能说上话的伴儿，说明你至少不会因为饥饿而死’。”

洛羽和菲比面面相觑，一脸困惑，但洛羽马上就明白了伯爵的暗示：“等等，难道你想——要——要吃人？吃——吃卢西奥？！吃了我们的队长？！”

伯爵看着还在口吐白沫的卢西奥，他脸颊上的血管中已经能隐约看到游动的黑色液体。光化感染到了这个阶段，他已经无药可救。相反，让他平静而彻底地死去，才是最负责任的选择。办法很简单，挖个坑，浇上汽油，再点上一把火。

“卢西奥体重七十五公斤，去掉感染部分，剩下的肉做成肉干，怎么算都能维持我们走回余烬城。”伯爵耸耸肩，“这是保证我们能活着回去的唯一办法，虽然它并不能保证我们一定能活到余烬城。”

他尽量说得很轻松，做出一副“吃人”只是稀松平常的模样。从某种意义上讲，在偏远的蛮荒之地，这确实是每天都在出现的正常现象。

菲比和洛羽是出生在重建时期、成长在和平环境的“文明人”，他们已经用不知是崇拜、惊讶还是恐惧的表情，向伯爵表明他们对“吃人”的态度。

菲比转过身，双手合十，唇角微翘。正如伯爵猜测那样，她在关键时刻又开始祈祷。很好，他倒要看看她的神能给出什么样的答案。

“我——”洛羽捂着额头，双眼瞪得很大，“我做不到！我加入地狱猎兵——不是为了——干这种事儿。”

“《地狱猎兵职业手册》的第一条是什么？还记得吗？”伯爵问。

洛羽咽了咽唾液：“只有活下来的人才配称为地狱猎兵——”

“所以，我们应该不惜一切代价活下来！”伯爵严肃地抱住洛羽的双肩，“你是医生，应该能判断出哪里的肉没有被感染吧？一会儿就由你下刀。”

“我？我？！”洛羽吓得脸都白了。就算被红脸伏击那次，他都没有这么惊慌过。

就在这时，菲比突然起身，攥紧的双拳，好像一对鼓槌在空中挥了两下：“我们还有第三种选择！”

伯爵惊了：“还有第三种？那就说说吧。”

“我们喝了你的松花酒，吃掉所有剩下的补给，把队长做成肉干，然后继续追击马尔科姆，至死方休。”

她说这话时，异常平静，甚至嘴角还带着姐妹会成员特有的、经过反复训练形成的职业性微笑，这让伯爵心头不禁狠狠一颤：“我们都已经沦落到要吃人的地步了，你为什么还盯着马尔科姆不放？”

“就是因为我们已经沦落到要吃人的地步，所以更应该盯着马尔科姆不放。”菲比的眼神里似乎有流光溢出，“如果我们不得不堕入魔道，至少也得有一个足够好的理由吧？为了自己苟活而吃掉队友，与为了伸张正义而吃掉队友，虽然同样是罪孽，但孰轻孰重不言自明。”

“这个——这个——”现在轮到伯爵用不知是崇拜、惊讶还是恐惧的眼神看着菲比了，“这些话，是神教给你的吗？”

“是的！”菲比闭上双眼，顿了顿，“就在刚才，我问过他了。”

“那——容我冒昧地问一句，你的那个什么教团，信的神应该不叫耶和华吧？”伯爵小心翼翼地问道。

“当然。”菲比有些惊讶，“基督教团在街对面，城区里也有几个，和我们不是一伙的。”

“那真是太好了。”伯爵苦笑着，从屁股后面的口袋中掏出压缩饼干，“等我们这次回去，请你务必介绍你的神跟我认识一下。”

第一章　欢迎会

她叫镰仓二二二。

不，不用提醒，谁都知道这是蠢到爆的名字，但很少有人因此当面取笑她。对于传说中连睡觉都枕着步枪的女人来说，如此怪异的名字，反而让人产生一种“她背后一定有什么故事”的错觉。虽说这样的故事压根儿就不存在，连前面那句“枕着步枪睡觉”都是谣言，但她并不在乎。应该说，她并不在乎任何人的任何评价，因为就算她在乎，事实上也没有任何用处，改变不了一些人对她天生就是异类的偏见。

“你知道在我们地狱猎兵里，哪种人最容易丧命吗？”镰仓二二二问。

新来的黑人小哥茫然地摇摇头，一脸懵懂。

镰仓二二二从上到下地打量他。他披着迷彩披风，穿着似乎刚从邮差身上扒下来的那种崭新的墨绿色制服，双手斜端着 G36 突击步枪，似乎刚上过油，却难掩枪身的破损；脚上的山地靴一黑一棕，似乎——不，可以确定就是从隔离带的废品收购站里讨来的垃圾，连尺寸都不一致。

对于这位从异乡来到余烬城讨生活的苦汉子，镰仓二二二觉得还是少来点儿玄乎的说教，直入主题比较好：“算了，等你活过今天，我再来告诉你。”她拍拍黑人小哥的肩膀，敷衍地干笑一下，“欢迎你加入地狱猎兵，菜鸡！无论发生什么，你都要跟紧我。”她伸出右手食指，颇俏皮地轻点自己眉心文着的莲花，“从今天起，我就是你的队长了，记住这个标记。”

“是——呃——是的，长官！”黑人小哥喉头蠕动，紧张得连声音都有些黏稠，“我——我——我叫——”

“我一点儿都不关心你叫什么。菜鸡，从现在起，你的代号叫‘菜鸡’。别问为什么，就是字面上那个意思。”

“是——是！长官！”

“别叫什么长官！”镰仓二二二有点儿不耐烦地摆摆手，

“你只需记住我的名字就行。如果龙骑兵或者其他地狱猎兵的傻 × 问东问西，你就说你是镰仓小队队员，镰仓二二二的手下。”

“二——二二——二？”菜鸡本来就不太利索的舌头几乎要打结了，“是，是三个‘二’吗？”

听起来像打德州扑克时才会问的话。在镰仓二二二刚满六年的人生中，她遇过大概八百次类似的尴尬，考虑到整个“镰仓系列”产品都不允许更换名字的铁律，这种提问恐怕还会一而再，再而三地出现。

“对，是‘三个二’，而且是‘二二二’，不是‘二百二十二’，你给我记好了。”

“当——当然，二二二长官！”菜鸡的嘴唇微微嚅动，不善奉承的他却又竭力想要说些让长官开心的话，“哦，我觉得，您的父母——很有品位。”

“父母？”镰仓二二二眉头一紧，无论父母有什么样的品位，也不会给孩子起“二二二”这种古怪的名字。不，这当然不是名字，比起用来区别于其他人而存在的名字，它更接近于区别同一批产品而存在的编号。实际上，如果不是联合国重建委员会在四年前查封了镰仓实验室，她连这个破名字都没有。负责培育她的护士，只叫她“N35207”，既拗口又不好记。她至今都想不明白，为什么自己的同舍姐妹、后来被称为“镰仓二二三”的死丫头，都能有一个“N109”的简约号码。这个镰仓实验室，到底以什么标准给产品编号呢？着实让人感到匪夷所思。

想到镰仓二二三，也不知道她找到工作没有。她们之间，虽然谈不上有多深的感情，毕竟与她一样的姐妹还有九百九十九个，还都长得一模一样。说到底，只有镰仓二二三与自己在同一个寝室中长大并一同接受各种教育与训练，说她是自己的唯一亲人可能有些矫情，但实际上也差不多。

“你以前没有听说过千女团的事儿？”镰仓二二二提着SCAR突击步枪，一边慢悠悠地沿路而行一边问道，“你从来都不看新闻吗？”

“看新闻？你说在我老家那儿吗？”菜鸡咧着嘴，露出一口黄牙，“那里连电都没有，哪儿还有什么新闻啊？村头寡妇生一个儿子，我们都能讲半个月。”

镰仓二二二突然停下，慢慢转过身，脸上呈现出莫名的快意。每次看到那些从蛮荒之地逃到文明世界的土包子，都能让她心生一种高智商的优越感。

“来，看到这些车了吗？”她指着车队问。

破败的双车道柏油马路上，一个车队缓缓蠕动。车队中，车型不一。从轮胎足有一人高的重型卡车，到装满老弱病残的城际大巴；从战争年代遗留下来的军用吉普车，到可能昨天才从某个走私犯手里买来的超级跑车，应有尽有。但是，绵延两三百米的车队里，却找不到两辆同款车。大多车辆都是败损不堪，有些已经残破到靠“生物力”驱动。“天哪，那是什么？”镰仓二二二简直不敢相信自己的眼睛，车队的末尾，居然还有一辆牛车。

在车队的前面，金属阻拦索组成的临时路障拦住它们的去路。几名地狱猎兵或者确切地说，是镰仓小队队员按照上级的指示，正在对这些车辆进行突击检查。

“看到了，长官。”

“现在你的工作就是检查这些车辆。再往前走两公里，就是余烬城隔离区的关卡，也就是说，我们是进入城区的最后一道防线。”

“不对吧，长官。”菜鸡压低声音，试探似的问道，“进城的关口都有龙骑兵把守吧？他们才——才是最后一道防线吧？”

“偷渡客不会傻到直接闯卡，他们会先藏到隔离区的农田里。”镰仓二二二指指不远处齐肩高的玉米，“比如说前面，就是他们跳车藏匿的好地方。”

菜鸡不禁打了个激灵。他就是用这个办法从穷困贫乏的南方进入余烬城的。他之所以加入地狱猎兵，也是指望通过服役获得公民权。

没想到他加入地狱猎兵的第一个任务，就是阻止与自己同命之人以同样的方式追求新生活，这是何等的讽刺！

“是——是的，长官，我懂了。”

一架灰色小型无人机从车队上空掠过，在他们头顶“嗡嗡”地盘旋着。镰仓二二二知道这是自己的队员在催促她，便朝无人机的摄像头竖起中指。

“好，现在开始干活吧。”她撩开斗篷，从后腰摸出一支黑色棒状物，递向菜鸡，“拿好，菜鸡。你要像保护你的生命之根那样保护它。它是你在蛮荒之地保住脑袋的神器。”

菜鸡赶忙背好步枪，瞪大双眼，近乎虔诚地捧着这根看起来像警棍的棒子：“啊，嗯，嗯！它是——它是高科技装备吗？透视仪？激光剑？超电磁炮？”

镰仓二二二转身瞥了菜鸡一眼，一把夺回黑棒，轻摁开关，黑棒顶部的玻璃镜亮了，然后塞到他手里：“这是手电筒，兄弟。”

说完，镰仓二二二便兀自走向最近的一辆大巴车。菜鸡不敢怠慢，赶忙跟上。

这是一辆非常破旧的大型客车，除了车胎以外的部分，目测都有几十年历史了，但它明显经过符合时代特点和生存需要改装过，前后左右焊着大小不一的金属板，其中一些金属板上面布满弹痕。车头挂着一块好像从旧式火车上直接拆卸下来的挡泥板，上面的污泥中裹挟着破布与纸屑，很难判断它曾经撞过什么东西。

司机看到地狱猎兵的大斗篷靠近时，很识趣地打开车门，生硬地挤出微笑，露出一口烂牙："这位官爷，今天又来突击检查啊？这星期你们都检查两次了吧？辛苦，辛苦！"

镰仓二二二绷着脸，端起SCAR突击步枪点点头。她平时挺爱笑的，但面对一车从外地过来的野人，觉得还是给他们一个下马威比较好。

他们刚上车，城际大巴特有的可怕气味扑面而来。那是闷热天气中乡巴佬的汗臭、常年不洗澡的体味与动植物农产品散发的气味混合在一起的刺鼻味道。

老江湖镰仓二二二，对此早已习以为常，她身后的菜鸡被这股特殊的味道熏得连连后退，差点儿没把挂在脖子上的防毒面具戴上。

"跟着我，别紧张，手别抖。"镰仓二二二头也不回地小声叮嘱。她悄悄打开SCAR突击步枪上的保险，"像平时训练那样就行。"

菜鸡犹豫一下，也端起枪："平时训练中，也没有这个科目啊。"

这就是地狱猎兵的教学风格。镰仓二二二向来都是想到哪儿教到哪儿。

"没学过现在就学着点儿。"镰仓二二二微微弯下腰，向前迈出一步，清清嗓子喊道，"各位老乡，我代表余烬城政府进行临时检查，你们身上如有任何违禁品，请主动出示，蓄意隐瞒可能招致包括枪决在内的严厉处罚，万望配合。"

老实说，她并没指望车内这些乡巴佬知道什么是违禁品。实际上，检查货物与行李的工作，一直由把守关卡的龙骑兵负责，她的主要工作是寻找可疑的偷渡者或者走私犯，万一有头脑不太好使的恐怖分子或者马匪，他们只能充当龙骑兵的肉盾和炮灰。

车厢里只有两三个空位。四十几个乡巴佬和这个车队一样，衣着五花八门，有的穿打着补丁的褂子，有的穿着烂西装，有的穿着大裤衩；相貌也是千奇百怪，秃头的，蒙头的，染发的，黑脸白脸遮脸的，应有尽有。等等，那是什么？那个大妈怀里抱的是鹅吗？是活鹅吗？

镰仓二二二上前一步，把枪口对准晃动的鹅头："不好意思，余烬城官方规定，从3月6日至6月底，禁止携带一切外来活禽入市。"

"啊？"貌似具有斯拉夫血统且保养得很富态的大妈抬头憨笑，"啥？"

"知道禽流感吗？生物制品保护呢？"镰仓二二二问道。

可能是听不懂英语，大妈只是傻乎乎地点头。

镰仓二二二叹了口气，不想再跟她废话。根据以往的经验，大妈应该是到隔离区务农的村妇，直接交给关卡的龙骑兵处理就可以了。至于她怀里的大鹅——今晚多半会去龙骑兵和公务员的肚子里。

她一边坏笑一边打量，突然注意到大妈身后第三排的两个乘客，顿时警惕起来。靠过道的座位上，坐着一个抱着迷彩背包的瘦小少年，十五六岁的样子。他身上的冲锋衣非常合身且几无破损，应该不是从别人身上扒下来的战利品。且不说现在的天气有点热了，以蛮荒之地的经济条件来说，大概只有富到流油且安全无虞的那些父母，才会给孩子量身购买一套并不实用的冲锋衣。那样家庭的孩子，怎么会乘坐这种廉价且危险的城际大巴进城呢？

有违常理的现象，让镰仓二二二握紧SCAR突击步枪。少年好像注意到她的表情变化，有些羞涩地避开她的目光，扭头看窗外。与他的不正常相比，坐在窗边的那个人更可疑。他像中世纪的麻风病人，把身体完全埋进灰黑色斗篷里，干瘪的手指与兜帽阴影中若隐若现的枯脸，都说明他的健康状况十分糟糕，宛若风中残烛。

余烬城向来不接收身染重病的移民，更不用说从蛮荒之地偷渡过来的野人。附近恐怕只有姐妹会那样的教团才会收留这样的人，而且还只限女性。

“菜鸡！”镰仓二二二将声音压到最低。

“嗯？长——长官！”

“你从车头开始，查一下每个人的通行证，我去问件事儿。”镰仓二二二向车厢中部走去。开始她没有盯着可疑的怪人，在即将经过少年身边时，突然转身举枪，“这位先生！请你起来！”

全车的人把目光集中到少年身上。镰仓二二二注意到，眉清目秀腼腆的他，瞪大眼睛，红着脸，怯生生地点指额头：“你——你在说我吗？”

镰仓二二二没有回答，甚至没有用正眼看他，而是死死盯住那个纹丝不动的怪人：“请出示你的通行证！最后一次警告！”

“什么？最后一次警告？！”少年顿时茫然无措，“什么时候第一次警告了？”

“闭嘴！”镰仓二二二感觉又好气又好笑，冲少年吼道，“没问你，你就老实待着！”

就在她的视线移到少年身上的刹那间，怪人突然一跃而起，肘部露出 SCAR 突击步枪枪口，一只手按住少年的胳膊，将他用力推向她。

怪人明明是形销骨立的模样，却拥有惊人的爆发力。镰仓二二二的小腹被少年的脑袋撞了一下，身体失衡，险些摔倒，但肌肉记忆让她在被偷袭的瞬间，做出唯一正确的选择——

她任由 SCAR 突击步枪脱手，以迅雷不及掩耳之势从腰间拔出手枪，弓步站稳，朝怪人的胸口和面部连射两枪。足以致命的两颗九毫米空尖弹头，射在怪人身上，却发出敲击油桶般的金属声。怪人居然纹丝不动，连中弹的反应都没有。

头上的兜帽稍稍滑落，露出一张敷衍到简直让人想哭的假脸，连眼珠子似乎都是画的。枯黄的面孔下方，是粗糙而外露的金属骨架。

镰仓二二二愣了半秒钟后，便意识到她遇到了什么，但她的反应还不够快。这个干瘦的机器人猛地挺起胸口，藏在里面的霰弹发射器喷出一股细小的钢珠流，撕破斗篷，像受惊的鸟群倾巢而出，扑向她的胸口，将她重重掀倒在地。

口中的鲜血堵塞了喉咙，她听到菜鸡的尖叫、步枪的射击声，以及耳麦中传来副队长急切地追问……然而这一切，对于现在的她来说，已经是另一个世界的事情了。

在她生命的最后时刻，已经自杀的镰仓博士为“千女团”制作的最后一个“福利”随之启动。本应撕心裂肺的痛苦，却化作如同高潮一般的极致快感，伴随着渐渐模糊的意识愈演愈烈。

镰仓二二二觉得，这应该就是战士的最终归宿。

应该属于亡者与勇士的瓦尔哈拉。

第二章　大叔遇见了你

听到第一声枪响的时候，伯爵正在路边捧读一本脏兮兮的英语教科书。

这是刚才从一辆跑车主人那里缴来的违禁品。携带它究竟违反哪条禁令，伯爵也说不上来，只是单纯觉得，一个驾驶豪车出城寻找生理刺激的纨绔子弟，应该不会把一本破书放在副驾驶位置上，这里面一定有什么不可告人的肮脏交易。

听说现在有一种很江湖的技术，制毒贩子可以把毒品溶在纸浆里，买家拿到纸浆后再还原享用。这样做，即便在警察眼皮子底下交易，依然安全无虞。不过这本书似乎不像毒品载体，因为实在太破旧，绝对是“一星期圣战”之前的上古产物。

“呦，伯爵，又在学英语呢？二十六个字母认全了吗？”说话的胖子名叫甘特，代号“海象”，是镰仓小队里的通讯员，自认为有点儿文化。也正因为他确实有点儿文化，所以经常以调侃伯爵为乐。

“我不过是掌握的单词量稍微少点儿而已，二十六个英文字母啊，我在幼儿园小班就倒背如流了。”伯爵不想在这个问题上与海象争辩，马上转移话题，“你怎么跑过来了？你负责的无人机呢？”

“上面怎么还有中文？让我看看。”海象答非所问，一把抢过破书，“这是中文英语教材，给小学生用的。你留下它，想学英文还是想学中文？”

海象貌似无意间炫耀自己还懂中文，向来倒驴不倒架的伯爵也坦然地说：“都学，都学，艺多不压身，万一哪天中国人又打过来了呢！”

海象凝视着他，严肃地捏捏鼻子，像做深度思考：“为什么要用‘又’？一向热爱和平的中国人什么时候打过这里？”

“没有吗？”虽然伯爵看起来年纪不小，实际上“一星期圣战”爆发时他还未出生，“作为战士必须要有忧患意识，学点儿知识肯定有用的。”

实际上，伯爵掌握的地理知识，仅限于余烬城周围以及地狱猎兵活动的区域。他对中国在哪里，中国人长什么样，一无所知。

海象感觉自己在对牛弹琴，便用嘲讽的口气调侃道：“好吧，伟大的副队长，你好好学，等你学会了，再给我们普及中文。”

他转过身，准备继续做自己的工作时，车队中段便传来两声手枪射击声，紧接着又有类似烟花冲天的声音。

海象一边从肩上摘下M4突击步枪，一边调整腕装电脑中的无人机控制系统，抬头环视天空，未发现异常，又转身望向伯爵。

“啧！”伯爵眉头一紧，将教科书扔到脚下，捂着耳朵对着对讲机大声呼喊：“我是伯爵，我是伯爵！镰仓队长请回话，请回话！”

无人应答。

车队中段又传来一阵突击步枪射击的声音。突击步枪不停地射击，说明那里既不是“威慑”也不是“行刑”，而是一批人与另一批人发生激战。

海象紧盯着腕装电脑屏幕：“枪声来自那辆城际大巴车内部！”

“让无人机悬停待命，车头、车身左右各一架！”伯爵非常熟练地命令道，“大嘴，你和老鬼会合，从左侧接近大巴；阳伞盯紧车门，先不要射击。对方身份不明，可能携带武器，大家注意隐蔽。”

布置完毕，他转身冲海象打个响指：“海象，你赶紧联络龙骑兵，就说我们遭到袭击，请求武装巡逻队立即支援。记住，这次千万不要把我们所在位置和番号报错了！”

海象认真地点点头：“明白！”确切地说，他已经担心自己又要犯错误了。

车队这时已经乱了。末尾两辆车，包括牛车，掉头就跑；车队前端的面包车试图闯卡，被阻拦索扎破轮胎，瘫痪在地；队伍中段的司机尽显亡命徒本色，有的把车驶向路沟，有的直接弃车逃命。

“别管他们！”伯爵一边猫腰前行一边冲对讲机吼叫，“我们人手有限，盯紧目标！阳伞，如果大巴车启动，你就打爆轮胎。”

“阳伞收到命令。”阴冷的男低音回答，“明白。”

“怎么轮到你下达命令了？”一个沙哑的男低音从对讲机中传出。听声音，应该是老鬼在质疑，“难道队长——”

“暂不确定队长的情况。她一直没有出现，那个新兵蛋子也不见踪影。”伯爵咬咬牙，“怕是凶多吉少。”

“不会吧？我还没跟那个新兵蛋子说上一句话呢！镰仓姐姐威武雄壮，心大命大，怎么可能——”

“保持专注！大嘴，你稍有闪失，也许马上就会到另一个世界与他们拥抱了。”伯爵顿了顿，“没事儿不要占用我的指挥频道。记住，现在这是指挥频道！”

“明白！”

像今天这样在隔离区遭到偷袭，他们还是前所未遇。镰仓小队队员虽然不是新兵，但实战经验比起伯爵这样的老兵油子，还是相差甚远。

大巴车暂时没有动静，他们无论通过肉眼还是借助无人机，都无法观察到车内的具体情况。所有乘客都哈腰抱头，蜷缩在座位上。这说明车里面至少有一个人随时决定他们生死，他们已经成为那个人或者那些人的人质。

“不要伤及无辜！”伯爵在离车门大约十米的路边半蹲下，“阳伞，你锁定目标了吗？”

“没有！目标要么混在乘客中，要么藏在座位下面。车内没有一个人站立。”

“龙骑兵什么时候到位？”伯爵问道。

“第四武装巡逻队和第十三独立武装巡逻队正朝这边赶来，到达时间大概是——”海象顿了一下，“七分钟后。”

“很好！”伯爵下意识地推了推眼镜，“我们暂时和恐怖分子保持对峙状态就可以，千万别乱动，否则都不知道自己背上的黑锅是什么型号。”

一架风扇模样的小型无人机飞过他的头顶，和另外两架同型号无人机一起，呈三角形队列将城际大巴围在中间。

午后的阳光被一片棉状云遮挡，给这场异样的对峙平添一分不祥。果然，还没过一分钟，城际大巴的车门突然打开，双手抱头的驾驶员首先走出来，脚刚落地就玩命似的夺路狂奔，完全不顾伯爵的喝止。

“站住！再跑我们就开枪了！”

伯爵的话音未落，车里的乘客同样双手抱头，从车门鱼贯而出。

这些乘客的身份未经确认，伯爵和另一侧的两名地狱猎兵不敢贸然靠近。远处的狙击手虽然能看清他们的脸，却无法弄清谁是人质、谁是劫匪。

场面要失控。伯爵举起枪，朝天射出一梭子子弹：“蹲下！所有人都蹲下！否则杀无赦！”

思维正常的人，都不会把伯爵的命令当成笑话，除了那个不想束手就擒的劫匪。当所有人都蹲在地上时，一个黑色身影却向伯爵挺起胸口。

霰弹发射器与狙击枪的嘶鸣声，连续撞击伯爵的耳膜。他本能地换上弹夹，冲着黑色身影扣动扳机。黑色身影被不同口径的步枪射出的弹头击中，身体如泥塑不倒翁一样摇摆，穿体而过的钢珠、弹头如倾倒的礼炮般四处飞溅。

挣扎三秒后，黑色身影一跃而起，抓住车窗翻上车顶，朝车体另一侧爬去。狙击手又朝他开了一枪，但未能阻止他。

“大嘴，老鬼，目标朝你们奔去！”伯爵焦急地高喊，“他在车顶上！”

“看到了！”大嘴和老鬼同时答道。

密集的枪声响起，但转瞬又变成杂乱的喊叫声。

“目标钻进玉米地，朝东北方向逃窜！”

“他的动作怎么这么快？”

……

不等伯爵下令，海象操控三架无人机迅速跟随黑色身影移动。这种侦查专用无人机，虽然没有配备任何攻击武器，却拥有一流的速度和机动性。目标一旦被它们锁定，根本无法摆脱。

“目标显然不是人，弹头击中他身体发出的声音和与他反常理的动作，都证明他是机器人。”不知道谁在分析推断。

“目标是一部中型机器人，尚不能确定它的厂商、型号和控制方式。”伯爵一边说一边朝蹲在地上的乘客跑去，“大嘴，你携带磁暴手雷了吗？”

“我和老鬼都有磁暴手雷。”大嘴应答。

“不到万不得已不要使用，尽可能捕捉完整目标。它的腿很细，体重很轻，应该没有安装重型防护设备，普通的穿甲弹足以应付。”伯爵说。

“明白！”大嘴回应。

伯爵在人群边半蹲，盯着一个双手抱头、蹲在地上瑟瑟发抖的中年男人吼道："起来！你们都起来！快一点儿！手别放下，继续抱头！"

乘客一边按他所说去做，一边叫苦抱怨。

鬼才知道这些人里有没有隐藏着匪徒。伯爵站起身，端着AN94突击步枪扫视人群，枪口对准人群的末端："所有人都有，按照现有队形前进，走到车队最前面等待救援。"

"我不需要救援。"不知谁唉声叹气地嘀咕，"我只想回家。"

"我说需要就需要！少废话，快走！"伯爵话锋一转，"海象，我现在把乘客带到你那里，你看好他们，一个都不能少，等候与龙骑兵交接。"

"明白。"海象随即回应。

从城际大巴到阻拦索之间，原本密密匝匝排列还算有序的车辆，如今变成乱七八糟的报废车辆停车场，车里空无一人，司机们应该是逃命去了。

海象朝乘客们招手示意。仅看体形，让人很难相信他是地狱猎兵。连地狱列兵标志性的墨绿色大斗篷，也很难遮住他的肚子。

"先——先生！"就在伯爵准备进入玉米地追捕机器人时，一个有些羞怯的童音突然在身后传来，"请您等一下。"

焦头烂额的伯爵闻声转过身，横眉怒视："谁在说话？！"

一个身材矮小、穿着还算完好的童款冲锋衣少年，战战兢兢地挪到他面前。

阅人无数的伯爵仔细打量少年。少年看上去很成熟，但不会超过十六岁。

伯爵面无表情：“什么事？”

“有位大妈没有下车。”与其他胆怯或是愤怒的乘客不同，少年的黑色眼眸中，流露着平和的认真，让伯爵不禁想起故乡那条重金属超标的小溪。

“她和你是什么关系？”

“她和我没有任何关系。她和那个机器人在同个车站上车的。那站只有他俩上车，所以我记得很清楚。”也许是因为伯爵的态度很不友好，少年下意识地咽了咽唾液，“白石山采石场站，我不会记错的。因为那个机器人上车后就坐在我旁边。”

伯爵愣了几秒，随后舔了舔嘴唇：“那个大妈——长什么样？”

“胖乎乎的，棕色头发，胸很大，还抱着一只鹅。”少年认真地比画着，“具体长什么样，我说不好。我确定，再见到她，我还能认出来的。”

与少年对话时，不知出于什么心态，伯爵做了一个平时无论如何也不会做出的决定：“你跟我上车，如果你发现那个大妈就喊。”

“好——好吧！”少年犹豫着答应。

少年的犹豫，让伯爵意识到自己可能犯下一个不可饶恕的错误。他们没有甄别乘客就把他们驱离，有些乘客或者劫匪同伙有可能还在车上。

车门敞开，伯爵小心翼翼地举枪踏上踏板，背靠车厢板前探，保持随时射击的姿势。少年紧紧跟在他身后，慢慢地走进车厢。

车厢内空无一人，只有三具尸体。

今天刚编入镰仓小队的菜鸡，身体倚靠驾驶室的隔离板上，额头中弹，血流满面。

双目圆睁的镰仓二二二倒在过道中央，浑身都是弹孔，鲜血洇透迷彩服。伯爵摇摇头，蹲下身子，轻轻合上她充满不甘的双眼。

一个平民打扮的死者额头中弹，躺在车尾。从伤口形状看，应该是被小口径步枪一击毙命。

伯爵回头打量菜鸡所在的位置，从弹道轨迹判断，他不仅没有保住自己的性命，反击时还误杀了一个无辜平民。

“你说的大妈在哪里？”伯爵转身问少年。

“她就坐在这里啊。”少年看不见大妈，挠挠头，指着靠近车头的一个座位，“那只白鹅怎么也不见了呢？”

他蹲下身子，用手指在地上狠狠地蹭了蹭，放在鼻前嗅了嗅：“奇怪！”

“发现什么了？”伯爵靠近少年，盯着地上，没有发现异常。

“这辆车自他俩上车后，已经行驶了几个小时，她的鹅竟然没有排泄。”少年四处搜寻，“家禽都是直肠子，不可能没有任何排泄物的。”

“你家以前饲养过家禽？”伯爵问。

“不，”少年摇头，“我家是猎户，只养狗。”

伯爵望向窗外，直觉提醒他，这个问题很严重，但他又说不上来到底哪里不对。他正在苦苦思索时，对讲机传出大嘴的声音。

“大嘴报告，大嘴报告，目标进入一间废弃的农舍。哦，也许没有废弃，总之是个很小的房子。我和老鬼已经将其包围。接下来怎么办？请指示！”

伯爵略微思索：“海象，武装巡逻队还需多久到位？”

“两分钟。他们的无人机已经与我的无人机会合。”海象立即回答道。

伯爵冲着对讲机大声吼道：“把你的无人机拉回来，全部！”他虽然知道海象看不见他的动作和表情，还是朝车窗外猛地挥手，“以大巴车为原点，呈扇形向西南方向搜索。”

“当着龙骑兵的面？”海象感到费解，“能给一个我能接受的理由吗？”

“不能！”

“明白。”

伯爵大步流星地冲下大巴车，对面是一望无际、密不透风的玉米地。如果有人藏在里面，不依靠空中高科技侦察设备查找，无异于大海捞针。

“嗯？”伯爵发现少年还紧紧跟在他身后，他挥挥手，“你可以走了，该干吗干吗去！”

“她不会跑太远的。”少年答非所问，“她应该藏在一个能看到车里情况的地方。”

伯爵瞪了少年几秒钟：“理由呢？”

“感觉！”少年皱着眉摇摇头，“如果我是她，绝对不会往玉米地深处跑，因为那样反而更容易暴露行踪。这是小动物都知道的生活常识。”

“你真是猎户家的孩子吗？”伯爵打量着一脸认真的少年，似懂非懂地点点头，“你觉得怎样才能抓住她？”

“打草惊蛇。”少年望着玉米地，“像狩猎一样。”

这个办法，伯爵还真的没想到，但他还是认为值得一试。无人机第三次掠过他的头顶时，他推了一下眼镜，举起 AN94 突击步枪，漫无目的地朝身前点射。

伴随着刺耳的枪声，弹头穿过玉米的秆和叶后，秆和叶纷纷落地。

就在换弹夹时，伯爵的耳麦里传来海象的声音：“玉米地里有人跑动！”

“锁定目标！”伯爵冷冷地命令道，顺手换好弹夹，“报告目标方位。”

也许感觉自己已经被头顶的无人机锁定了，大妈决定放弃无谓奔跑。熟悉地形的伯爵，结合海象提供的信息，很快就发现了她。

“就——就是她！”躲在伯爵身后的少年小声道，“她还抱着白鹅呢！”

大妈看见不远处的伯爵，憨笑着，紧紧抱着白鹅，没有一点儿农民应有的慌乱。

微风拂过，耳边响起摩挲声。三人静静地对峙几秒后，伯爵率先向前踏出一步：“前方这位女士，我代表余烬城官兵，命令你立即放下手中物品蹲下，双手抱头，接受检查！”

“啥？”大妈一脸迷惑，好像压根儿听不懂伯爵说什么。

“我再说一遍！”伯爵又往前走两步，“前面这位女士，我代表余——”

大妈怀里的白鹅突然长鸣一声，展翅向伯爵扑过来。

伯爵愣神之即，臃肿肥胖的大妈突然侧身倒地，滚过几条垄，同时以变魔术一般的手法从怀里掏出一支像枪的东西。

伯爵并没有注意到那个东西已经瞄准自己。

鹅毛在眼前飞舞，子弹穿梭其间。伯爵似乎听到不止两种枪声。其中一声从他背后传来，炽热的弹头几乎贴着他的耳郭划过，精准地钻进大妈的脖子。大妈随之倒地。

意识到自己并未中弹，且抓捕目标已经丧失战斗力时，伯爵猛地转身，把枪口对准同样举着手枪的少年，喝道：“把枪放下！”

少年犹豫两秒：“我刚才——救了你的命。”

“所以我让你把枪放下！”伯爵盯着少年手中的手枪，“这是——镰仓队长的 M1911 手枪吧？”他上前一把夺过手枪，喝问，“你从哪儿弄来的？！”

“在车上，我——”少年感觉自己好像惹祸了。

在少年思索之即，伯爵使出一招擒拿术，把少年放倒在地：“趴好，别动！”他注视着面前一动不动的大妈，压低声音，“小子，谢谢你的救命之恩！”

大妈捂着喉咙，鲜血从指间汩汩流出。

伯爵小心翼翼地走到大妈跟前，看清了她手中曾经瞄准他的武器。那是一支黑白相间的新式微型冲锋枪，枪身闪耀着冷冷的蓝光，枪托上铭刻着它的型号 DF-40，还有英文“荒芜之火”。

“什么鬼东西？”伯爵摘下几乎从不离眼睛的眼镜，再三打量大妈，确定自己没有看错后，嘀咕道，“你他妈的到底是什么人？”

“我叫端木夜雨，是猎户的儿子。”他身后传来很大的声音。

伯爵回头瞪了一眼依旧老老实实趴在地上的少年，本想大吼一声“没问你”，想想却变成了“我叫贝塞里安，不过他们都叫我——”他戴上眼镜，敬畏地冲大妈点点头，轻轻地说，“伯爵。”

刹那间，他像向女王行礼的绅士。

懒散地度过一个星期之后，蕾姆实在没料到，她会在轮休的最后一天摊上事儿了。

三年前，她以总分第二名的成绩从王立龙骑兵学院毕业时，也曾意气风发，激扬文字，想要“守护秩序与大义”“重塑世界的文明与繁荣”“为了女王流尽最后一滴血”。即便她以前从未见过女王，也许以后也未必能见到，但她绝对是认真的。

入伍后，蕾姆从负责处理无聊文件的士官到中尉，再到拥有“暴力执法传统”的第十三独立武装巡逻队队长，顺风顺水地一路晋升，让她反而觉得，作为军人，一生中什么都不用做、什么事情都不发生，才是她人生的终极理想。至于彪炳千秋名垂青史，远不如和男朋友厮混一个平安的周末实惠，如果她有男朋友的话。

13 点 05 分，她接到镰仓小队请求支援的信息时，她正在指挥两辆斯特赖克装甲车从隔离区边缘返城。

比起正在逐步换装的龙骑兵王家近卫团，外围武装巡逻队仍在使用破旧的美式装备，其中还有很多早已超过使用年限的赠品，经过简单而敷衍的修补后，便强行塞给龙骑兵。

余烬城毕竟与其他新兴城市不同，重工业不发达且都集中在卫城区的港口附近。那里，别说像铁骨城生产领先时代的战斗机甲，就连制造一辆小轿车都很困难。守卫余烬城部队的所有武器，几乎全部依赖进口，而且采购的首要硬性条件是便宜。

这就是那把DF-40微型冲锋枪，能把蕾姆雷到外焦里嫩的原因。这样的先进武器，近卫团的人只是听说过，没见过。

“荒芜之火！”蕾姆猫腰捡起那把轻如儿童玩具的微型冲锋枪，小心翼翼地将其折叠成平板电脑大小的立方体，在手里反复掂量，“这是东方集团今年上市的新产品，目前还没有任何国家的军队或警察装备。”

“那她怎么会携带呢？”伯爵耸耸肩，自言自语，“难道她是东方集团的VIP客户？”

“经查证，枪击镰仓队长的机器人，是手工改装过的‘精灵’，身上有接收遥控指令和简易驱动的双模块，没有什么科技含量，恐怕提供不了有价值的信息。”蕾姆一边打量大妈的尸体一边说。

“那就让死人说话吧。”伯爵下意识地看了看脚下那只肥硕的白鹅，“只能仰仗你们龙骑兵的验尸官了。”

蕾姆瞥了伯爵一眼，将微型冲锋枪递给身后的副官：“可以确认，这是一起严重的武装入侵事件，你们能提前发现就是大功一件。我会为你们小队申请额外的百分之十贡献点数加权。”

“谢了！”伯爵漠然地把视线投向天空，“还有百分之五的战士阵亡加权和百分之十的队长阵亡加权。”

蕾姆听罢，嘴角微微上翘，盯着伯爵说：“虽然我很想对你说节哀，但连镰仓这种被联合国明令禁止生产的‘量产型斗战用速成克隆体’都能被你克死，我想不笑都不行啊！”

伯爵一把揪住蕾姆的领口：“还不是因为我们为你们挡枪？！如果你们不搞走过场的临时路检，这个老女人能杀得了镰仓二二二？”

“小子，你不知道自己是什么身份吗？把你的爪子立即松开！”蕾姆瞪眼喝道。

伯爵不得不承认，即便是龙骑兵的普通士兵，都比他的地位高。他无奈地松开手，吼道：“三个我都打不过的镰仓二二二挂了，那就请尊贵的龙骑兵中尉大人解释一下，她为什么死得这么憋屈！”

蕾姆莞尔一笑：“伯爵阁下，我只想提醒你下次小心点儿。你命硬的大名，都已经让龙骑兵闻风丧胆了。”她示意手下人放下枪，“算上镰仓二二二，已经有五个队长跟你执行任务时挂掉了，你能不能解释一下，这是为什么呢？”

她不等伯爵回答，四下看了看：“目击证人呢？那个少年在哪儿？”

披着毯子的少年坐在装甲车的轮胎旁，正在津津有味地啃着军用压缩饼干。两名手持 SCAR 突击步枪的龙骑兵士兵，站在他的左右，虽然面色和善，但时刻注意着他的一举一动。

阳光刺眼，少年想换个坐姿，两名士兵立即把枪口对准他。

听到蕾姆询问，一个士兵立即跑过去，立正行礼："长官，他在那里！"

蕾姆摘下银灰色翼盔，夹在腋下，径直走向少年，并朝他伸出右手："你好！我是龙骑兵城防团第十三独立武装巡逻队队长，蕾姆中尉。"

金色卷发披散下来，遮住蕾姆微胖的两颊，让刚才孔武凶悍的她，一下子变得妩媚与雍容。

即便如此，少年还是瞪大双眼，嘴角微颤，直勾勾地盯着她："您——您是龙骑兵的大官儿？"

"嗯？"蕾姆一愣，"我是龙骑兵的官儿，如果你觉得小中尉也算官儿的话。"

"那——"少年突然站起来，咽了一口唾液，仿佛鼓起很大勇气似的，敬了一个极不标准的军礼，"我——我想加入龙骑兵，找你行吗？"

所有人都觉得少年的动作和要求非常可笑，但都强忍着，没有笑出声。

"原则上我们不收智障，虽然那里的智障也不少。"蕾姆挠挠头，略显为难地说，"最重要的是，龙骑兵只招收余烬城公民。"

面对无情的拒绝，少年没有放弃，转而问道："那——那我怎样才能成为余烬城公民？"

蕾姆双手抱胸，摇摇头："你最好去问上帝吧。说正事儿，你会写字吗？"

"会。"少年自豪地答道。

"很好！"蕾姆转身对副官说，"找支笔和行动记录本，让他把前因后果都写清楚。你负责做电子记录，地名人名要做到准确无误。"她转身柔声问少年，"你叫什么？塔姆耶？"

"我叫端木夜雨。"少年大声回答，"我姓端木，名叫夜雨。"

"日本人？"蕾姆认真地打量端木夜雨。

"华裔。"旁边的副官低声纠正，"这是华裔的名字。"

"不会吧？"蕾姆眉头一紧，"华人不都是姓李、王、张嘛，哪有两个字的姓？"

"也有两个字的复姓。"副官的声音更低了，"其实，我原本姓司马。"

"什么？！你也是华——"蕾姆欲言又止。她不想再证明自己孤陋寡闻了，指着端木夜雨说，"你配合我们做好笔录。我去疏导一下交通，咱们不能堵着道。"

四个小时后，端木夜雨才做完笔录。夕阳已经挂在地平线上，天边几朵浮云被染成初夏时节常见的玫红色。

他伸了个懒腰，目送龙骑兵巡逻队离去，失落地看着通畅的公路上各种车辆呼啸而过。

他好像被世界遗忘了，没有人注意到他茫然无助的眼神。

伯爵骑着三轮电瓶车，从关卡朝这边颠过来，嘴里叼着一支褐色烟斗。

“你怎么还在这儿？”他在端木夜雨面前停下车，拄着车把说，“你到隔离区来，不会只是为了看风景吧？”

“我想——我只是想找点活儿干。”端木夜雨摇摇头，“我好像迷路了。”

“隔离区里有好几个定居点，但你在那里肯定找不到工作，只能得到白眼儿和侮辱。”

“那——那怎么办？”端木夜雨哭丧着脸，“我第一次来余烬城。”

伯爵吐出一口烟：“每年来余烬城的外乡人不计其数，到最后，大部分人都灰头土脸地滚蛋了。死乞白赖不走的人，也只是在隔离区做苦力，赚的钱还不够填饱肚子。”

“我不是为了找工作才来的，我只是——”端木夜雨哽咽着说，“走投无路了。”

“哦，这太正常了。”伯爵似乎毫无怜悯之情，摊了摊手，“在这里，谁不是走投无路呢？”

端木夜雨没有心情分析伯爵是讽刺还是自嘲，似懂非懂地“嗯”了一声。

伯爵看了看可怜的端木夜雨，觉得自己不应该说这种风凉话，但又不知道怎么安慰他，于是望着他，沉默了十几秒。

端木夜雨低下头，扯着衣角。

“你救我一命，按蛮荒之地的江湖规矩，我应该帮你一把。”伯爵故做思索状，“说吧，你要什么？钱，食物，还是武器？”

“我——”端木夜雨依旧低头扯着衣角，似乎在做艰难的选择。他突然抬起头，决绝地说，“我想加入龙骑兵！”

“不可能！刚才你没听那个娘们儿说，他们只收本地公民吗？本地公民，懂吗？”伯爵盯着端木夜雨狠狠地强调。他突然觉得端木夜雨的眼神很硬、很决绝，于是口气顿时软下来，挠挠头，“凡事无绝对，办法也不是没有。如果你能向移民局证明自己的能力，获得合法公民权也并非不可能。”

“证明自己的——能力？怎么证明？”

“也就是说，你能为余烬城做什么，你能为余烬城带来什么，你能帮余烬城得到什么！”

伯爵暗示端木夜雨知难而退，没想到他竟然认真地思考。“我能做什么呢？”他琢磨半天，像发现新大陆似的喊道，“我会打猎！”

伯爵重重地抹了一把脸。他觉得自己的脸皮已经够厚了，没想到今天遇到一个不要脸的，于是揶揄道：“城里的猎人？好吧，如果你会杀虫灭鼠，说不定还真能找到一份工作。但是，等你收到用工通知，至少也是饿死几天之后的事儿了。”

他看了看因遭到无情否定而变得木讷的端木夜雨，“别担心，至少我能保证我的救命恩人不至于在今天晚上就饿死。”

端木夜雨并不觉得自己会饿死，他身上还有一点儿干粮，所以他本能地想拒绝伯爵并无多大意义的施舍。“他为什么要让我活下去？”一个疑问在他的脑海中闪现。

在蛮荒之地，像这样胡子拉碴的大叔施舍自己好处，如果你信了，结果多半是被卖到某个黑矿场当苦工、某个乡村妓院当男宠，或者直接被做成人肉叉烧包。这样的故事，他听得太多了。他一直对陌生人保持高度警惕，否则他今天就不会出现在这里。

“谢谢。你走吧，我自己想办法。”端木夜雨委婉地拒绝了伯爵的善意。

同样在蛮荒之地长大、年纪几乎与余烬城同龄的伯爵，当然能看出端木夜雨心中的顾虑：“这里虽然是隔离区，但好歹也是余烬城的一部分。法律在你们那里可能就是一句屁话，但在这里，它可是要靠突击步枪与装甲车捍卫的。如果你认为我有可能把你卖掉，赚笔昧良心钱，那么我现在就给你一点儿钱，你自己到北镇的小旅馆住一夜，明天再出去碰碰运气。”他说着就把口袋里的钱全部掏出来，递到端木夜雨面前。

“我怎么会怀疑你呢？毕竟你是军人嘛，我听从你的安排。”端木夜雨大声说，甚至希望过路的人都能听到。

伯爵笑而不语，示意端木夜雨不要再废话，赶紧坐到他的三轮电瓶车的后座上。

在人类文明被摧毁半个世纪之后，能毫不犹豫地向陌生人开枪、且能一枪致命的端木夜雨，接下来命运会怎么安排他呢？

这一天是城邦历 40 年 3 月 25 日，伯爵感觉遇到了初到余烬城时的自己。端木夜雨却未意识到，他已经找到了解答谜题的第一块拼图。

第三章　这就是地狱猎兵吗？

伯爵非常确信自己在推门时，端木夜雨正在轻喃一个人的名字。

他不懂汉语，但直觉告诉他，那一定是端木夜雨女朋友或者至亲的名字，因为只有这类人容易出现在清晨的梦呓中。

结合端木夜雨昨天的表现与表述，伯爵大致能琢磨出他经历的故事。也许是强盗，也许是奴隶贩子，也许偶然得到一两把新枪胡乱射击的尿孩子，总之，肯定有人杀了端木夜雨一家，有没有灭门暂且不论，肯定逼得他不得不背井离乡。

在这个乱糟糟的时代，没有时间同情这类人的遭遇，因为类似的事情每时每刻都在发生，没有最悲惨，只有更残暴。

同情与怜悯，这种奢侈品只有住在文明世界，比如在余烬城中享受众多人用生命保护的圣母们才消费得起。对伯爵来说，他遗传于父母的怜悯之心，早在二十年前就透支光了。

当然，还有一种可能，端木夜雨和父母闹翻了，耍性子离家出走，到大城市来寻找刺激。他口中的“走投无路”，也许只是青春叛逆期常有的赌气说辞而已。

“小子，快起来！这家旅店不供应早饭，咱们——”伯爵掀开被子，发现端木夜雨竟然一丝不挂地裸睡。

“能不能别这样毫无保留？”伯爵半嫌弃半尴尬地扭过头去。

“啊！”从睡梦中惊醒的端木夜雨也惊叫一声，用被子裹紧身子。

“有什么不好意思的？”伯爵揶揄道，“这是最健康的睡眠方式。”

“我只是洗澡之后太累了，坐到床上就——”端木夜雨羞涩地说。

“行了，行了，不用解释。麻溜穿上衣服，赶紧走，不能让大佬们等太久。”伯爵的后半句话声若蚊鸣，显然是说给自己听的。

端木夜雨栖身的这家小旅馆，位于北镇镇中心，与木制的小教堂隔街相望。路面的质量差得离谱，已经硬固的黄泥中全是纵横交错的车辙，其中还夹杂着骡马甚至猫狗的足印。与镇外那条通向余烬城的主干道相比，这里的道路质量还停留在中世纪，甚至还不如某些蛮荒之地中的小城街道。

这并不奇怪。在隔离区的四个大型定居点中，北镇贫穷落后，居民完全得不到余烬城当局的协助和救济。也是因为穷，无力交税供养政府，自然得不到政府的福利。只有在地理位置和政权上，隶属余烬城当局管辖，或者说控制，但他们对此处却懒得看一眼，任这里的居民自给自足、自生自灭。

伯爵的三轮电瓶车一路颠簸摇晃，经过一个似乎用建筑废料搭建起来的棚户区时，路边三三两两的居民，用呆滞的目光看着他们，新鲜感在那些人脸上稍纵即逝，很快又被麻木表情替代。

眼前的情景，让端木夜雨简直不敢相信。难道这里就是传说中的余烬城？就是方圆几百里内的发达与繁荣之地？

“如果你没有遇到我的话，最好的落脚点恐怕就是这里了，和大部分指望余烬城当局改变命运的傻小子一样。”伯爵颇为得意地朝右边努努嘴，“看到那边的小楼了吗？”

那是一栋三层高的钢筋混凝土建筑，上下都被涂成俗气的砖红色。本来毫无特色的长方体小楼，被周围低矮的简易民居衬托得仿佛大清真寺般宏伟壮丽。在它顶部前端醒目的位置，挂着余烬城的昂翼灰凤纹章，彰显着无尽的威严与霸气。

“那是——”端木夜雨咽了一口唾液，“龙骑兵的指挥中心？”

“招工中心。北镇唯一的官方机构。”伯爵笑道，“那里每天都有上百人等待审核与面试，期待找到能养活自己的临时工作。其中绝大部分人只能去附近种地或者参加开拓团。我本来想找个熟人把你引荐过去，开拓团还真需要猎手。”

“开拓团？”端木夜雨还真听说过这个组织，“就是余烬城政府派出来修建定居点的那些人？”

“挖矿、拾荒、放牧……能坚持下来的人，也许就能获得余烬城的合法公民身份。但是到最后，很多人又不想离开自己一手创建起来的家园。”伯爵耸耸肩，“当然，他们不愿意到余烬城居住的原因，一是工作不好找，二是物价高得要命。”

端木夜雨眉头一紧，回头看身后渐渐远去的小楼：“我——我不想参加开拓团。以前我遇到过那里的人，感觉都——不是很友善。”

“不，你不用去。你昨天杀了人，而且我相信她绝对不是你杀的第一个人。”伯爵微微摇摇头，嘴角浮现出一种不知是苦涩还是恶意的浅笑，“你有一种特殊天赋，加入开拓团只会浪费你这种难得的天赋，更体现不出你自身的价值。”

“特殊天赋？”

伯爵所说的特殊天赋，不是百发百中的天赋，甚至也不仅仅是杀手的天赋。在正确的时间选择做正确的事，不择手段、不惜代价、一气呵成。尘埃落定之后，又淡定坦然得仿佛什么都没有发生过。

欲言又止的伯爵，想到这里，突然感到脊背有一股凉意。在城外执行任务时，他见过许多年纪轻轻便以杀人为业甚至为乐的家伙，有男有女。但是，他能确定，端木夜雨和那些人不同。即便早已习惯了“英雄不问出处，流氓不问岁数”，但他还是不敢轻视身后瘦小的少年。

他想了想，问道：“你说你家是猎户，你们主要猎杀什么？”

“兔子、鸭子、驯鹿、野猪、狼……遇到什么杀什么，能换钱能吃肉就行。我家里墙壁上挂着一块猛兽皮做的面甲，但我从未见过父亲动过它，我猜测它应该是父亲从死人脸上扒下来的。”

“你的枪法也是你父亲教的吗？打得很准啊。”

“只是——运气好吧！”端木夜雨说话时有些犹豫了，他似乎感到伯爵在迂回调查他。

伯爵见端木夜雨不想回答，也就不再多问，转动把手，加大马达输出功率。

三轮电瓶车驶出北镇之后，经岔道口一路向南。远方的农田边，熠熠生辉的高楼大厦渐渐显现，尤其那座被称为“刹那”的冲天巨塔，其高度让端木夜雨不禁目瞪口呆。

他并不知道，城里像这样的高塔还有三座。他看到的，只是余烬城北端的一座。

三轮电瓶车驶过一大片菜圃和大棚后，他们面前出现一块被铁丝网围起来的平坦洼地，大大小小的野战帐篷错落其中，其中点缀着几栋不起眼的低矮楼房。这里的衰败景象与不远处都市的金碧辉煌形成鲜明对比。当然，如果从整洁度上讲，这里比北镇贫民窟还是好很多。

道路尽头是营地的唯一入口。两名身披墨绿色大斗篷、头戴防毒面具的哨兵向伯爵举手示意。

“那什么，我约了老大姐谈事，9 点钟。”伯爵嬉笑着说。

哨兵甲看看表：“你很准时嘛！现在才 9 点 05 分。”

伯爵知道哨兵甲在调侃自己，毫不在意地笑了笑，将右拳伸到哨兵甲面前。

哨兵甲打开腕装电脑，在伯爵小臂上轻轻一扫，通过经脉识别确认身份，名为“贝赛里安”的资料旋即显现在液晶屏幕上。这当然是走流程的工作，以伯爵的身份和传奇经历，这里没有人不认识他。

“昨天的事儿我听说了。”哨兵乙过来搭话，“你又克死了一个队长？”

“你他妈的说什么呢？你再说一遍？！”伯爵真的有点儿生气了，从三轮电瓶车上跳起来，指着哨兵乙的鼻子吼道，“要不我也克克你？”

“冷静点儿，冷静点儿，无聊时开个玩笑嘛！”哨兵甲连忙站到两人中间，回头指着哨兵乙说，“不说话能死啊？闭上你的臭嘴，站一边儿去！”他转过身，转移话题，指着三轮电瓶车后座上的端木夜雨问，“这位是谁？来干吗？”

“穷亲戚。”伯爵没好气地随口敷衍道，“走投无路，来投奔我的。现在我们可以进去了吧？”

“原则上闲人不能入内，不过今天……”哨兵甲盯着端木夜雨看了几秒，点点头，“中尉，看在你的面子上，我破一次例。”

“违反军营岗哨条例吧？”哨兵乙气呼呼地走过来，“出事算谁的？”

“算我的，放行！”哨兵甲低声吼道。

走在营区里，端木夜雨才发现，这里要比远观时大得多。在密密匝匝的帐篷与营房后面，还有一个人工挖掘的小湖，小湖对岸是各式各样的训练场，从障碍基地到跑马场应有尽有。更远的地方，还不断传来悠长的枪声。

小湖东岸有一排维多利亚风格的土灰色平房，显得与营地其他军事化设施格格不入。无论平房的造型还是建筑风格，都与端木夜雨以前见过的那些建筑大相径庭。

“那里是——”端木夜雨指着那排平房问。

“地狱猎兵驻地。”伯爵回头看了一眼有些吃惊的端木夜雨，“不好意思，让你见笑了。我们比不上龙骑兵，没有他们高端大气上档次的营房。这里的人，基本都没有公民权，食宿费用都得自己掏。”他顿了顿，“不过收入还不错，余烬城上流社会的人，有钱又怕死，所以才雇用我们。就算在这里当一辈子大头兵，至少也能保证衣食无忧。”

端木夜雨似懂非懂地点点头："你要给我找的活儿，该不会是——"

"你很聪明！"伯爵停下车，看了一眼平房，"我想引荐你加入地狱猎兵。"

外人绝对不会想到，在这排低矮的灰色平房中，竟然隐藏着地狱猎兵的指挥中心。

没有人将那里称为"指挥中心"。三十年前建队之初，地狱猎兵的缔造者，那个早已归隐江湖、在湖边别墅中养老的普鲁士人，因为难以捉摸的虚荣与傲慢，将它命名为"最高统帅部"。

地狱猎兵的每条重要决策都在这里审议，每项重要任务都在这里发布。但是，决策层既不考虑地狱猎兵队员的生死，也不对余烬城安全负责，一心想着如何迅速积累财富，四处寻找可能受雇用的机会，再由那个普鲁士人决定要不要接受雇用、派哪个小队满足雇主的要求。

当普鲁士人决定退休时，他把继任者的选择权留给现役的队长们。通过各种博弈与竞争，最终由代号为"疤面"的男子继任。

疤面作为继任者，他现在用领带西装白手套，把自己打扮成企业高管的模样，端坐在会议室圆桌正中央。他与正宗企业高管唯一不同的地方，是脸上戴着如鬼怪一般的木质面具，只露出下巴与半个嘴唇。

伯爵和端木夜雨走进会议室时，疤面正在埋头翻阅文件。他背后的墙壁被投影仪照得雪白，上面只有疤面正襟危坐的投影。

伯爵扫视会议室一周，发现阴暗的屋内只有他们三个人，于是问道："曹操呢？"

"她知道你会迟到，去遛马了。"疤面没有抬头，慢条斯理地说道。他的声音轻柔舒缓，像京剧青衣念白，"她马上就回来，你先坐吧。"

伯爵示意欲言又止的端木夜雨不要说话，坐到他旁边。他则重重地靠在椅背上，抱着双臂，跷起二郎腿。他这种没教养混不吝的架势，与对面正襟危坐的疤面形成鲜明对比。

伯爵见疤面晾着自己，没话找话："她去遛马？是那批罗塞塔公司送来的母马吗？第二代改良的试验品种？"

疤面翻动文件的手停顿一下，依旧不看伯爵，依旧是青衣念白的腔调："你从什么时候开始对科技产品感兴趣了？这次居然是马，你从不骑马，对吧？"

"不，不，我对马很感兴趣，特别是马肉。"伯爵冲着疤面打了个响指，"不同种类的马肉，口感也不同。"

"曹操今天心情不太好，我劝你不要跟她提吃马肉的事儿。"疤面小声嘀咕。

“她哪天心情好过？”伯爵也小声嘀咕。

这时，会议室的门猛地被人暴力推开，穿着褐色夹克衫的黑发女人大步流星地走进来。她三十五岁上下的样子，行为却比十七八岁的小伙子还毛手毛脚，随便扯过一把椅子坐下。

端木夜雨偷偷打量她，见她满面绯红，鬓角被汗水洇湿的头发，紧紧贴在脸颊上。

“呦，说曹操曹操就到啊。”伯爵瞥了那个女人一眼。

“她就是曹操？曹操不是男的吗？”端木夜雨忘记刚才伯爵的暗示，轻声自言自语，“女人怎么能叫曹操呢？”

曹操听力很好，起身走到伯爵身后，单手叉腰指着端木夜雨问：“他就是救你命的野人？还是亚裔？”

“确切地说，是华裔！”伯爵头也不回，单手指着端木夜雨，“好像是叫什么多姆哦耶，名字太拗口，我说不出来。”

“不错嘛！”曹操双眼闪光，竟然用流利的汉语说道，“这年头有种的华裔不多了，他们都喜欢往城里钻，做安逸安全高收入的工作。”她友好地向端木夜雨伸出右手，“我叫王淑仪，代号‘曹操’。你不用怀疑，就是《三国演义》里的‘曹操’。我有必要提醒你的是，在这里，不是每个人都有资格拥有代号。”

端木夜雨象征性地与曹操握手，尴尬地支吾道：“对——对不起，您说得太快了，我的汉语不是很好。”见曹操的脸色由晴转阴，他立即想起刚才疤面说她“今天心情不太好”，于是大声说，“我叫端木夜雨，你——你好！”

“真是很拗口！”曹操摇摇头，盯着端木夜雨，想了想，“真不知道你父母咋想的，竟然给你起这么难念难记的名字。听我的，现在你就叫‘夜雨’好了。有人问你，你就说你姓‘夜’，反正这里的大部分文盲都不懂汉语。”

“我——”端木夜雨一时语塞。她也太不把自己当外人了吧？因为别人名字不好记不好念，就给别人改名？他转过身，看到曹操丰满挺拔的胸部中间，挂着一个条由狼牙和人牙组成的坠饰，不禁感到一股莫名的威慑力，于是他无奈地点点头，“好——好的。”

曹操轻轻拍了拍端木夜雨的肩头：“以后你会感激我的，真的。”她说完大步流星地走到疤面旁边的椅子前坐下。

疤面合上手中的文件夹，注视着端木夜雨：“端木夜雨先生，你好！”他竟然把端木夜雨的名字说得非常标准，“首先请允许我做一个简单的自我介绍。我的代号是‘疤面’，是在联合国重建委员会注册的合法私营武装组织‘地狱猎兵’的总队长。”他指指曹操，“她的代号是‘曹操’，我的副官，我们是这里的主要负责人。”

端木夜雨注视着疤面，认真倾听，生怕错过任何细节。

疤面轻轻地点指面前的文件：“我看过龙骑兵送来的记录，包括你的笔录。昨天与你一起战斗的队伍，是我方的一个小队，由一个‘量产型斗战用速成克隆体’、代号‘镰仓’

的镰仓二二二指挥。你身边那位——”疤面指向伯爵，“他的代号是‘伯爵’，是该小队的副队长。他和镰仓二二二都是我方优秀的战斗精英。他的资历比我还老，拥有两枚‘路西法纹章’，是活着的奇迹、在世的传奇。”

伯爵扭头冲端木夜雨做鬼脸，眉梢连续上挑几下。

“所以，你应该理解，镰仓小队在执行零难度的路检任务中，遭到伏击并损失了包括队长在内的两名战士，为什么会有那么多人震惊与恐慌。”疤面继续说道，“据我所知，一支装备完整的地狱猎兵小队才有可能杀死一个‘量产型斗战用速成克隆体’。”

疤面注视端木夜雨几秒后，端木夜雨意识到他让自己对这个问题表态，于是说道：“不，镰仓队长是被偷袭致死的。”

“我知道她死于被偷袭，也知道凶手是一个机器人，但这都不是她牺牲的根本原因！”疤面大声说道。

“地狱猎兵战斗时，你知道哪种人最容易牺牲吗？”曹操突然插话。她低着头，没有看谁，像自言自语。

“没有人可以永生，在死神面前，也没有人能够获赦。无论你是谁，战斗中再小的失误，都会让你万劫不复。”疤面注视着端木夜雨，“这就是地狱里最基本的生存法则。你明白我的意思吗？”

隔着鬼怪面具，端木夜雨无法看到疤面的眼神，但他还是感觉疤面目光如炬，一时间有些手足无措：“我懂——不，我不懂。”

“通常，我们只招收退伍老兵、荒野生存高手以及高学历的技术人才，我们没有时间、精力和粮食喂养一无是处的鸡雏，譬如你这样的孩子。”疤面顿了顿，“但你是伯爵推荐过来的，他的判断一向很好。以前他推荐的几个人，现在都已经成为骨干。不，准确地说是大部分。”

“啊？”直到这时，端木夜雨才意识到，今天他们坐到一起，不是聊天唠家常，而是正儿八经的面试。他急忙慌乱地答道，“我——我还没有想好要不要加——”

伯爵满脸堆笑，暗中却狠狠踩了端木夜雨一脚：“既然总队长没意见，那就这么定了吧。我马上带他去填表和体检。完成适应性测试差不多需要一个星期，我这边正好与海象他们做休整性训练，等新队长上任再重编。”

“这个——”疤面迟疑地瞥了曹操一眼。

曹操心领神会，马上说：“他不能编入你的小队。”

“那也没关系，毕竟是新人嘛，让他贸然加入一线部队，对他有点儿不负责。”伯爵点点头，“让他到二线练练手才行。新组建的鹰眼小队比较适合他，那里亚裔多，都用筷子吃饭，沟通起来可能——”

“伯爵，你不应该操这种闲心。他和你，都不能重新编入镰仓小队。”曹操盯着伯爵的眼睛，“你——明白我的意思吗？”

这种安排，确实有点儿意外。伯爵咽了一口唾液，几秒钟后才反应过来："我——我也不能归队？理由呢？"

"理由很简单，你入伍近二十年中，先后死了五个队长。当然，他们的死与你无关。"曹操面露难色，"咱们团队的成员文化水平普遍不高，还比较迷信。他们在想什么，你应该懂的。"

"你的意思是说，他们认为我克死了五个队长?！"伯爵的嘴唇嚅动，"我的命有那么硬吗?！"

"不，没有人怪你。但目前的事实是，没有人愿意做你的队长。"曹操摊摊手，"所以我们决定任命你为队长，重新组建一支地狱猎兵小队。"

"不可能！我早说过，我不想当什么队长，更不想参与和管理有关的任何事儿。你们应该知道，这是我接受你们返聘的底线。"伯爵连连摆手，"否则，我就到余烬城做厨师，我有'路西法纹章'，你们不能强迫我服役。"

端木夜雨突然站起来吼道："你们也不能强迫我，我也不想加入地狱猎兵！"

伯爵一把把端木夜雨摁到椅子上，吼道："别不识相！你不想加入龙骑兵了？"

端木夜雨不知道自己哪里错了，眨眨眼："我当然想啊，但你们也不是龙骑兵吧？"

"当然不是！"伯爵盯着端木夜雨，"但你也不是余烬城合法公民！你不改变自己的身份，这辈子都不可能加入龙骑兵！"

“只要你在地狱猎兵服役八年，就能获得‘路西法纹章’。”疤面慢悠悠地说，“拥有那玩意儿，就等于拥有余烬城公民证，退役后就可以在余烬城内定居。当然，只要你愿意，还可以加入龙骑兵。他们非常欢迎有战场实战经验的人。截至目前，龙骑兵各军种中，差不多有三十人来自地狱猎兵，有些人还是伯爵的老战友。”

“现在你明白了吧？”伯爵望着似懂非懂的端木夜雨，“小子，我在挖空心思帮你啊，这是你能最快加入龙骑兵的唯一途径。”

“最快也要八年？”端木夜雨有些失落。

“没错，是八年，但是你还可以用‘贡献点数’兑换时间。不过，你要相信我，埋头熬八年可能是最好的选择。”伯爵建议道。

端木夜雨低头不语，貌似在心里盘算。

疤面的目光又落到伯爵脸上：“我们已经与余烬城政府和某些企业达成一项协议，为他们组建一支专门用来试验新技术的小队。经领导班子研究决定，希望你出任这个小队的队长。我们原本打算用类似‘镰仓队’那样的精英团队履行这份协议，但合作方声称，他们的新技术，具有强大的泛用性和延展性，因此最好让没有任何实战经验的团队参与测试。”

“测试新技术？那不是龙骑兵的专利吗？”伯爵苦笑道，“我们可是买双皮鞋都要自己掏腰包的，再去陪太子读书不合适吧？”

“有些新技术不那么安全可靠，有些新技术必须在十分危险的环境下测试。”曹操替疤面答道，“想必你也知道，一个龙骑兵牺牲，余烬城政府就要支付十五万元抚恤金。但死一个地狱猎兵，只需支付六千元丧葬费。”

伯爵撇撇嘴：“所以就拿我们做小白鼠？”

曹操猛拍桌子，吼道：“是他们选择了我们，而我们却别无选择！记住，这里是余烬城！是大规模人体实验观察中心！是转基因动植物孵化乐园！”吼完，她语气放缓，“我们都是小白鼠，出生时就已经确定了。”

“我无所谓，只要他们别在我们这些小白鼠身上试验耗子药就行。”伯爵耸耸肩，“既然他们需要一支白纸般的试验小队，为什么还让我这个老兵痞子做队长呢？”

“你虽然不是新兵，但也从未做过队长，没有独立指挥经验，从某种意义上说，也是最合适的人选。”疤面掰着手指头数着理由，“如果一支小队里都是菜鸟，别说配合试验，在蛮荒之地恐怕连活命都难吧？”

“你让我带领经历过生死的老兵油子，我都不敢接。现在你让我带领一群还不知道公母的菜鸟，开玩笑呢吧？”伯爵连连摆手，“抱歉，对此我只能说无能为力。”

伯爵当面撂挑子，让疤面感到无计可施。他瞥了一眼曹操，曹操冲他摇头，示意他千万别来硬的。

曹操了解伯爵。伯爵天不怕，地不怕，但不傻。谁跟他来硬的，他就敢跟谁来横的。

双方僵持阶段，端木夜雨突然站起来，大声说："我愿意加入这个小队！"

"什么？"伯爵瞅瞅身边这个因为无知所以无畏的小家伙，喝道，"想好了再说！"

"我已经想好了。现在活着比死还难，连活着我都不怕，我还怕什么？"端木夜雨看看伯爵，"我是认真的，也是认真地邀请你带领我们一起干！"

伯爵一时无语，低下头沉思，似乎被端木夜雨的话感动了。端木夜雨说得没错，大家都是走投无路的人，能参加这个该死的小队，即便是通往鬼门关，最起码也算是一条路吧？

良久，他抬起头，看了看疤面和曹操，问道："你们早就串通好，一起在这儿给我挖大坑吧？"

第四章　入侵者

蕾姆看了一眼父亲送的腕表，指针刚好指向21点15分。

与闺蜜或者那个同父异母的弟弟不同，她对奢侈品一窍不通且毫无兴趣。她实在难以理解，在这个可以建造出第五代核电站的时代，在这个可以进行人类基因改良的城市，一块瑞士纯手工制作的陀飞轮机械表为什么卖到九十万元。

一块表的价格，竟然与六个龙骑兵的阵亡抚恤金相当！

据说这种表的价格还在不断攀升。其原因，不仅源于折磨人类无数个世纪的通货膨胀，还因为“瑞士”这个词汇马上成为历史名词。“一星期圣战”的影响持续至今。战争中，在南欧丢下的动能弹改变了大陆板块的运动趋势，整个阿尔卑斯山脉都在接二连三的地震中不断升高或者塌陷。原本完全中立、确实没有放过一枪的瑞士人却成为战争后的牺牲品，国土面临从地球上消失的危险。他们向联合国重建委员会提出申诉，要求交战双方各划出一部分领土安置瑞士国民。

蕾姆家族定居在瑞士东部，家乡面临的灭顶之灾，不仅没有让她产生一丝恐惧和担忧，反而认为这是她大发横财的好机会。纯手工制作的钟表，因为产量少且制作精良，被人视为有无限增值空间的奢侈品，大部分都流入巨商富贾的收藏室。

蕾姆从心底里鄙视父亲的贪婪，但对他却没有一丝一毫的恨意。她知道，自己天生就做不了商人，所以早早就决定远离商界。这也是她当初报考王立龙骑兵学院的直接原因。

不幸的是，她唯一的弟弟对经商也不感兴趣，他的人生终极理想是做 VR 游戏的职业电竞选手，且在这方面颇有天赋。

也许因为弟弟难以管束，父亲又把继承祖业的希望转移到蕾姆身上，不停地以各种理由安排她与门当户对的男人相亲，甚至强迫她穿上昂贵而毫无舒适感的礼服，参加上流社会的舞会。

虽然谈不上逆来顺受，但蕾姆也不是一意孤行到与家人断绝关系的奇女子。在没有充分理由回避的情况下，她依旧会按照父亲的安排去做。只不过到目前为止，父亲提供的相亲对象，无论相貌还是素质，只能用不忍直视形容。

今天晚上，蕾姆终于有一个可以理直气壮地拒绝父亲的安排。理由是，有案在身。

她站在余烬城奥丁区中心那座被称为“彼岸之塔”的高楼脚下仰视，云霄中的楼顶被余烬城特有的“空中花园”结构缠绕，绿叶灌木间缀满了圣诞节彩灯一般的绚丽光束，让整栋高楼在相对安静有序的办公街区如鹤立鸡群。

“彼岸之塔”顶部一百五十五层至一百六十层，是龙骑兵研究中心。这个研究中心的前身是一家综合性科研企业，与余烬城政府合作之后，才由王室出资改造成龙骑兵研究中心，并入龙骑兵体系。

余烬城不生产任何军工产品，十年前甚至连子弹都要进口。因此，这家研究中心实际上只是做一些军工辅助设备和软件研发工作，或者分析敌对势力的装备性能和破解方法 。

比如说，研究蕾姆昨天带回那个拥有“精灵”骨架的机器人。

蕾姆再见到那个机器人时，它已经变成一个个零件，平摊在实验台上。一旁停止工作的机械臂和扫描仪，说明研究人员已经完成了对它的解读工作。

“我们核对了迪米特机工发来的生产清单。”研究员指着电脑屏幕上的列表说，“这台‘精灵’的生产编号是MP335090D，原是出口到马来西亚的普通量产型号，订购方是犀牛角建筑公司，购置‘精灵’是为了协助工人在危险环境施工。”

看着满屏的数据，蕾姆不禁摇摇头，问：“它为什么会出现在余烬城？”

“犀牛角建筑公司给出的解释是，这个机器人跟随施工队，到北美洲参与联合国重建委员会的项目。”研究员说着打开一张地图。

地图上某部的高山与密林中间，有一座两三百栋建筑的小城，其中半数建筑已变成废墟，一条白色大街横贯其中。

研究员指着小城说：“这里是加拿大卡西亚尔城，‘精灵’最后服役地点。报告上说，施工队和联合国重建委员会的护卫部队遭到当地土匪武装突袭，造成一死两伤，少量物资以及三个‘精灵’机器人被掳走。”

“包括这个？”蕾姆扭头看了一眼实验台上的那堆零件。

“是的。”研究员右手轻抚鼻翼，似在思索，“奇怪，土匪不能生产燃料电池，按理说他们不会带走机器人啊。”

“除非有人向他们订购。”蕾姆低头思索，“改装这样机器人，难度大吗？”

“为了安装霰弹发射器，他们把它的胸部护板拆除了，严重破坏了机体平衡性。霰弹发射器质量非常差，弹药也是粗制滥造的钢珠而非制式霰弹。我在高中学电工课时，就能轻松做出这种玩意儿。”

“你的意思是说，乡间的匪徒也能做这种改装？”

“光看硬件粗糙的程度，你的猜测没有错。‘精灵’的图纸网上就能下载，即便是没有网络覆盖的蛮荒之地，想搞到这种东西也不难。只是——”研究员话锋一转，“控制软件就不好说了。我检查过它的控制中枢，原版的自律回路和使用方，也就是犀牛角建筑公司设置的参数都被修改了，这需要拥有迪米特机工的内部权限或者掌握——怎么说呢，应该是相当高的计算机黑客技术。我认为，拥有这种本事的人，应该不会在卡西亚尔城那种鸟不拉屎的地方厮混。”

卡西亚尔城离余烬城倒也不算远，毕竟都在加拿大境内。或者说，曾经都隶属加拿大。如果联合国重建委员会参与了卡西亚尔城重建工作，那么去那里调查还要大费周章。蕾姆想了想，决定不招惹这个麻烦比较好。

蕾姆转而问道 :“怎么看不见那把冲锋枪？你把它也拆了吗？”

“DF-40！那是今年才上市的高科技产品！”研究员脸上呈现一丝亢奋，“当然，我必须把它拆解，工作需要嘛。我跟你说，那把枪真是艺术品，我从未见过做工如此精良的单兵武器，而且出奇地轻便，算上弹夹也不过——”

蕾姆对枪不感兴趣：“你查出什么了？”

“暂时还没有。”研究员尴尬地干咳一声，“枪托上的生产编号被磨掉了，即便生产厂家跟东方集团也无从核对。”

研究员说得没错，可惜这个结论来得太迟了。昨天事发后不久，蕾姆便已经在上级的授意下致电东方集团客服，果然只得到了例行公事般的客套话，“不好意思，不能提供专有证明，我们不便透露客户任何信息，望谅解”。

“对了，这里倒是有条线索。”研究员突然从座位上起身，跑向房间另一侧的实验台，拿起一枚子弹模样的小东西，递给蕾姆。

“这是——黑弹？”蕾姆拿在手里端详。

这的确是子弹，看尺寸是 DF-41 手枪子弹，不过与普通手枪子弹不同的是，它遍体漆黑，在灯光下隐约能看到上面有一圈圈蜂巢状的纹路。

“嗯，弹夹里全是黑弹。”研究员拿起冲锋枪的条状弹夹，冲蕾姆晃了晃。

蕾姆虽然不是第一次见到黑弹，但作为武装巡逻队队员，她入伍三年来，还未使用过这种既不便宜又不好用的子弹。当是，它们也不是一无是处，可以通过小型 3D 打印机打印、组装，只要有包括火药在内的原材料，就可以在任何地方随时生产，而且不限口径与型号。相对于寿命、精度与质量都十分不理想的3D打印枪械，使用这种黑弹，射击精准度并不比传统子弹差多少。

但关键的问题是，百分之九十的纳米构造体由奥南公司统一生产销售，价格比同质量的九毫米口径子弹贵很多。能制造黑弹的3D打印机是军用的精密设备，普通人使用它造子弹，远不如用简陋的车床方便。简而言之，普通的匪徒也好、民兵也好，压根儿就没有道理使用这样的3D打印机制造子弹，因为既不划算也没必要。

蕾姆自言自语道："一把'荒芜之火'的市场价是五千五百美元，再加上黑弹和3D打印机的成本，杀人的成本也太高昂了吧？难道他们比咱们的雇佣兵还不计成本？"

"你说的是地狱猎兵？"研究员搓搓手，"我听说研究中心正在研发一批地狱猎兵的专用武器，研发资金都是天文数字，那帮穷鬼肯定承担不起，应该是你们龙骑兵投资。"

"是吗？"蕾姆眉头一紧，思索几秒，摇摇头，"一点儿风声都没有啊！"她摆摆手，"不说这个了，尸体在哪儿？我找过验尸官，拿到报告，但他说尸体送到研究中心来了，我怎么没见到？"

"尸体肯定放在楼上的生物实验室里。我只和物品打交道。"研究员指指天花板，"如果你没有去过那里，我劝你最好有个心理准备。"他一本正经地说。

"准备什么？"

研究员拉下口罩，意味深长地坏笑道：“无论你看到什么，都不要大惊小怪。”

不用任何人提醒，蕾姆都知道自己在那里将会看到什么，毕竟各种匪夷所思的生化工程正是余烬城的立足之本。大到为客户定制人体器官，小到超市里就能买到的感冒药，贴着余烬城标签的产品遍布文明世界的每个角落。就连为人类提供生存能量的食物，用伊普西龙公司培育的转基因种子种出来的小麦，都比同类传统产品更加香甜。

位于彼岸之塔一百五十七层的生物实验室，隶属余烬城官方武装龙骑兵，就算从里面冒出一头装甲霸王龙，蕾姆都不会感到意外。

但她又确实在走出电梯门的一瞬间，被惊得目瞪口呆。

“你——你是——”出现在她眼前这位将头发梳得油光锃亮的潇洒青年，正是她上个月的相亲对象，名字叫奥尔特还是阿兰德，她已经想不起来了。

青年先是非常优雅地冲她轻轻点头，继而十分绅士地微微欠身：“爱德华 · 阿尔伯特。”他温柔到有些娘娘腔的语调中，却夹带着孤芳自赏式的得意与高傲，“蕾姆小姐，这身军礼服很适合你。我感觉现在的你，比上次我们见面时更美。”

恰恰他这种自命不凡的公子哥气质，让蕾姆感觉浑身不舒服。他们相亲之后，便不再联系。她只记得他可能是龙骑兵某位高官的儿子，也在军中任职。今日看到他肩上的军衔，她才知道他只是技术士官，品阶比她低好几级。

“嗯嗯，爱德华·阿尔伯特。”蕾姆冲他礼貌地笑了笑，下意识地扫了一眼自己手上的临时通行卡。像她这样的龙骑兵精英，也只能在执行任务时，才能进入生物实验室的指定区域。他这样的普通技术士官，怎么能自由出入呢？

阿尔伯特注意到蕾姆脸上的疑惑，漂亮的褐色眸子中闪过一丝得意：“我就在这里办公，也希望你能保密。你今天到访，应该是为了处理昨天那个案子吧？”他侧过身，很有风度地朝背后的白色走廊伸出左臂，“霍尔博士在等你呢。别让他等太久，他可没有我这么好说话。”

这句简单的描述，在蕾姆脑海里勾勒出一个软硬不吃的老学究形象，花白的胡须与头发，不修边幅且肮脏邋遢，说不定还是喜欢骚扰女同事的老色鬼。

“谢了！”从阿尔伯特身边经过时，蕾姆突然觉得应该给他留下点儿特殊的印象，“上士，现在我们都穿着军装，按理说分手时应该做点儿什么吧？”

正想走进电梯的阿尔伯特愣了一下，旋即明白了她的言外之意：“当然，长官！”他双脚并拢、站得笔直，皮靴后跟相撞，发出“啪”的一声脆响，敬了一个标准的军礼。

蕾姆却没有回礼，只是带着得意的微笑点点头，转身离去。

走廊的地板上有红黄绿三道指示色带。手持绿色通行卡的蕾姆，即便没有人指引，她也知道该往哪儿走。

蕾姆刚走出几步，拐角处突然闪出一个莽撞的身影，带着哭腔喊着“爸爸救我”冲过来。她定睛一看，是一个穿着白色宽松病服的少女，头发被剃得净光，头顶前端贴一枚类似胸章的东西。

少女跑到她身前，她才注意到那是嵌在头盖骨上的小型器械，镶嵌孔足有筷子那么粗。

“快，别傻站着，帮我拦住她！”一个研究员模样的男孩健步如飞地追过来。制式白大褂对他来说明显太长，已经拖到地上。

军人的本能让蕾姆不假思索地抬起胳膊，拦住狂奔的少女。这时她才清楚地看到，少女半张脸的颜色，比其他部位更加粉嫩，感觉很不自然。

少女不断地挣扎着，力气虽然远比蕾姆想象的要大，还没有超出正常人应有的范围。隔着病号服，蕾姆能清晰地触到她身上凹凸有致的曲线，以此判断她应该已经成年，至少刚刚成年。由于眉毛都被刮掉，且哭闹不止、涕泪横流，一时还看不清她的容貌，但可以确定的是，她五官标准，长相还算精致。

“谢谢，谢谢！”穿白大褂的男孩比少女还矮半头，喘着粗气向蕾姆道谢。他从口袋中掏出一根锥子似的器械，对蕾姆说，“麻烦你帮我按住她。”

蕾姆有些不情愿，但还是配合他。她扭过少女的胳膊，用专业的擒拿手法将其固定在胸前。与此同时，男孩摁住少女的下巴，迅速而娴熟地将器械扎入她脑袋上的洞内。待器械全部扎入后，他的手向左一拧，少女脑袋里发出“咔嗒”一声。

少女立即停止挣扎，微微抽搐一会儿，便恢复平静。

“不好意思，让你见笑了。这是我刚才操作失误所致！”男孩掏出手帕，先擦自己的额头，然后小心翼翼地拭去少女的眼泪和鼻涕，“她练过篮球，力气忒大。”

“她是——”蕾姆问。

“我不方便透露她的名字，不过你可以认为她是这里的病人。”男孩顿了顿，“在主体脑科医院接受治疗的病人。”

“主体脑科医院？”蕾姆打量少女。一般进入这家医院医治的患者，基本都是一条腿迈进鬼门关，“她头上的东西是什么？”

“我们研究中心委托伊阿索公司研发的试验性医疗设备。出于保密工作需要，请你原谅我不能透露它的具体名称和功能。”男孩双手背到身后，像介绍自家产品的推销员那样，“总之，没有它的辅助，她的智力就退到三岁的状态，并且丧失绝大部分记忆。刚才她的样子，你也看到了。”

“抱歉！”少女突然转过半个身子，冲蕾姆微微一笑，“刚才给您添麻烦了吧？我没把鼻涕蹭到您身上吧？”

蕾姆打量少女，发现她左眼的瞳孔，从刚才的深黑色变成明显异于正常人的翠绿色。她的好奇心顿起，转而又被近年养成的“多一事儿不如少一事儿”的处事习惯压制：“没关系！请问，你们知道霍尔博士在哪儿吗？我找他有急事儿。”

男孩没有搭理蕾姆，右手轻轻拍打少女的后背：“你先回去休息，明天早上提醒护士给你做生发剂初期试验。你知道找哪位护士吧？”

少女没有立即动身，左眼的瞳孔像路由器 LOS 闪烁一般，在翠绿与猩红之间快速切换十几次：“我知道，您放心吧，霍尔博士。明天见，晚安！”少女如出现时一样，头也不回地小跑出去。

蕾姆上下打量几遍男孩：“你——你——”她顿了顿，把险些脱口而出的脏话咽回去，“你就是霍尔博士？”

男孩优雅地掸掸左肩的尘土：“是的。你就是蕾姆中尉吧？我虽然没有军衔，但权限相当于少校。”

“一个嘴巴没毛的小屁孩，还少校呢？少年还差不多！”蕾姆见霍尔拿老学究的派头对待自己，真有上去把他打到心服口服的冲动，不过她控制住了，迅速转移话题，“看年纪，你应该是第一代‘完人计划’的首批产物吧？”

“果然如资料上所说，中尉是很敏锐的人。”霍尔耸耸肩，“不过，请你不要被无良媒体误导，联合国明文禁止人类进行种族改良，因此‘完人计划’只是剔除隐形致病基因和冗余基因，并适当加快成长速度而已。”他用拇指指指自己，“我能获得博士学位，完全是我勤奋努力以及刻苦钻研的结果。”

蕾姆嘴角微翘，没有接他的话茬儿。她无法想象，眼前这个未成年人，竟然比迂腐的老学究还让她讨厌。她换个新话题：“博士，听说尸体转移到你这里，我来确认你们有没有新的发现。”

“新发现？看来你应该看过验尸官的初检报告了。”霍尔往前一指，示意她跟自己走。

蕾姆跟在霍尔身后，说：“我看过初检报告，但其中有一小段乱码，不知道是什么内容。我以前从未遇过这种情况。”

“你们的验尸官，肯定被尸体的惨状吓坏了吧。”霍尔语气中充满不屑，“毕竟他和这座城市的气质一样，是极端主义的疯狂信徒！”

蕾姆停下脚步，瞪着霍尔：“什么意思？”

霍尔转过身，用怪异的眼神看着蕾姆：“那个被你击毙的犯人，怀有三个月的身孕。验尸官验尸时，胎儿还有微弱的反应。”

蕾姆浑身一颤，如遭电击一般。她从未想过，自己的工作中还包括“射杀孕妇”业务。即便有，她也不会执行：“不，她不是我击毙的，是——是地狱猎兵开的枪。不对，其实是一个无知的路人开的枪。”

“人死不能复生，任何解释都是苍白无力的。死者既然敢只身到余烬城作案，肯定知道会有这样的结果。要怪，只能怪她无知、无情。”霍尔摆摆手，“你们的验尸官一定弄错了，母体死亡那么久，胚胎不可能存活的。”

“如果不是这个原因，为什么他会急着把尸体转移到研究中心？”蕾姆思索着，“他可能希望借助你们的高科技把胎儿救活。”

“如果死者腹中的胎儿还活着，我们当然愿意试试。”霍尔转身走到一个实验室门前，用门卡打开门。

这间实验室虽然规模不大，却处于大楼中心，重要性可见一斑。它的结构也很特别，分为里外两间，以透明防弹玻璃间隔。

里面的小房间里，有两张貌似手术台的大床并列摆放，其中一张床上处于半折叠状态，另一张床上摆放着一具有些水肿的裸体女尸。蕾姆看一眼就能确定，那是被端木夜雨击毙的大妈尸体。

蕾姆微微皱起眉头，极力控制阵阵恶心。

霍尔见状，上前一步将手按在玻璃墙上。以他的手为中心，一圈操作指令的界面显现出来。他随意点击界面上的图标后，裸尸便被玻璃上出现的马赛克完全遮住。无论蕾姆的视线如何移动，那团马赛克始终遮挡着尸体。这的确是非常贴心的设计。

实验室中还有一名研究员，他的年纪应该比霍尔大一倍。他见到霍尔时，却毕恭毕敬地主动问好。霍尔只是简单地挥挥手，示意他继续工作。

霍尔在一台电脑投影键盘上操作一会儿，指着屏幕说：“这是死者的基因信息。从目前的分析结果来看，她有百分之六十 R1a 基因和百分之三十 J 型基因。”

“抱歉，我听不懂这些专业术语。依你刚才所说，我能不能理解成——她是混血儿？”

“不，她是纯种白人。确切地说，是斯拉夫人，算是我的同族。”霍尔指指屏幕上的一组数据，“根据遗传病基因判断，从生理角度来说，她十分正常、健康。”

蕾姆苦笑着点点头：“还好，镰仓队长没有死在一个病秧子手上，否则便是天大的笑话。”

“这一切都能说明，所谓的‘斗战克隆体’，也只是血肉之躯的人。”霍尔又习惯性地将手背到身后，“是人就会犯错，犯错就会送命。这不也是你们军人的现状嘛！”

蕾姆心里莫名地产生一丝惭愧。她入伍时间不短，但还没有遇到非生即死的情况。

“从骨龄推断，死者应该在四十岁左右，上下误差不会超过三岁。”霍尔继续分析，“这个推断和她的容貌吻合，不用质疑。她的血液非常干净，既没有发现纳米机器人，也没有发现化学药品残留或任何毒素及辐射产物。”

蕾姆一直往玻璃墙内看，满眼却是马赛克。她自言自语：“在蛮荒之地生活四十年的人，体表多少会留下辐射病的痕迹。辐射粉尘、化学污水、重金属土壤，只要活得够久，总会中招，无一遗漏。”

“所以说，她不可能在蛮荒之地生活四十年。”

“也许一年都没有。从她携带的武器判断，她极有可能是来自某个大国的情报机构。”蕾姆点点头，“但怀孕这件事怎么解释呢？如果她是特工，在这种情况下，应该不可能去执行任务吧？”

“我不是说了嘛，如果真有胎儿的话——”霍尔正打算调出照片，想想又放弃了，“我直接说结论吧。昨天晚上，死者送到实验室之后，研究员初步检测，没有发现她有任何生命迹象。一小时后解剖员汇报，子宫内虽然存在0期胎盘，但未见到胚胎。由于母体所有器官逐渐坏死，无法确定堕胎的具体时间。”

“她做过堕胎手术？”蕾姆惊讶得张大嘴巴。

霍尔面无表情：“0期胎盘出现在妊娠期的前中期，那时候的它甚至还不能算作人，从某种意义上讲，只是寄生在母体内的一个细胞，以任何方式离开母体只有死路一条。所以，我姑且判断这种现象是堕胎或流产。随便怎么说，反正结果都一样。”霍尔捏捏鼻子，“抱歉，我不是妇科专家，只能给出这样的解释。”

“验尸官看到了什么？他再蠢，也不会编出‘尸体怀孕’的故事吧？”

“其实他对死者并没有进行解剖，你拿到的验尸报告是我们提供的。”霍尔示意蕾姆跟他走，“你们的验尸官很可能只是用 HD1510 型快速扫描仪，对尸体进行初步检测。那玩意儿，虽然性能非常靠谱，但毕竟已经用了十多年，不排除发生误诊的情况。反正死者体内没有胎儿就是没有胎儿，我们再纠结这个问题没有任何意义。来，我让你看看什么是真正的高科技。”

走到实验室门口，蕾姆回头看了一眼玻璃墙，那团马赛克仍旧死死地挡住她的视线，仿佛一只有生命的阿米巴原虫，偶尔还会微微上下交错。

他们通过一条被紫外线笼罩的走廊，进入比刚才那个实验室还要昏暗的狭小房间。蕾姆四下打量，感觉到了 20 世纪冲洗胶片专用的暗房。

一个半圆柱体仰卧在房间里，上面有伊阿索公司醒目的“圣女之手”商标。这个东西，看样子应该是某种医疗设备。

霍尔像抚摸熟睡的女儿一般，轻轻抚摸着那个设备，转身傲娇地问蕾姆：“智慧的中尉，你猜猜它是什么？”

“锅炉！”蕾姆不假思索地说，“烧开水的！”

霍尔对蕾姆的回答嗤之以鼻：“原谅我读书太多，接受不了你们糙人的幽默。不过，我通常会把这种没有任何文化含

量的玩笑，视为精神垃圾！”

蕾姆并没有生气，轻抚额头，叹了口气：“我承认这玩意儿是高科技，但是对我这种糙人来说，也就是垃圾。”

“它的代号叫‘意识投影’。以你目前的认知水平，可以把它理解成一台拥有超能力的电脑。”霍尔故意放慢语速，“还是出于保密工作需要，请原谅我不能透露它的具体用途和真实名称。我们与伊阿索公司有保密协议。”

“我也不想知道。”蕾姆有些不耐烦了，“我不感兴趣的玩意儿，对它的性能、参数、造价、用途也没有一丁点儿兴趣。你能不能直截了当地告诉我，它与案件有什么关系？”

霍尔见状，也没有心情调侃了：“人的思维，说白了就是生物电流传导过程。这些微弱的生物电流在大脑神经元中通过时会留下痕迹。这台设备可以恢复思维痕迹，将其逆向还原，结合个人思维模式，就能以图像及文字的形式展现出来。”

霍尔这样解释那台机器的功能，蕾姆立即就明白了：“这是一台有读心功能的电脑。”

“准确地说，是‘意识投影’。”霍尔认真地纠正道，“相比于人脑的复杂程度和运算速度，它目前的运算速度还不够快，仅能读取只言片语的碎块，而且还必须让被读取者予以配合。目前，它还处在试验阶段，谈不上什么实用性。”

“如果你们试验成功批量生产，千万别忘记通知龙骑兵治安团。”蕾姆不想在未来的东西上耗费精力，转移话题，“有了这玩意儿，以后审问罪犯就简单多了。”

“恐怕你们治安团买不起呦！算了，还是说正事儿吧。”霍尔感觉蕾姆对这玩意儿不太感兴趣，就转移到它的实用性上，“人死亡之后，神经系统并不会立即坏死，死亡时的思维同样也会在神经元中留下痕迹。假设死者不是头部中弹且还有思维的话，‘意识投影’就能够读取这种痕迹，把死者生前最后时刻，也许一秒、半秒、几毫秒的想法还原出来。”

蕾姆听霍尔这么说，果然有点儿兴奋。如果真是这样，就意味着死者也能为她提供线索。但是，她旋即又陷入失望：“一个人在弥留之际，大多会哭爹喊娘吧？他能想到的，按理说应该是放不下的人或事儿，说不定还是已经成人妻成人夫的初恋，估计没啥价值。”

“老实说，这是‘意识投影’首次执行检测，至于结果有没有价值，这得由你判断。”

蕾姆催促道：“我们已经磨叽半天了，不差再看几秒。赶紧的，拿出来吧！”

“你以为在电影院看电影啊？”霍尔张开双臂，像迎接什么似的微微抬起头，“现在我就让龙骑兵重点培养的精英，见识一下余烬城的核心科技产品！”

蕾姆顺着霍尔的视线望去，看到两排微微闪烁的幽黄灯光，瞬间一幅微微跳动的怪异图像映入眼帘。

不是电影屏幕上常见的画面，它几乎占据了整个视野，好像直接贴在视网膜上一样。

画面中央，有一棵白色大树，约两层楼高，树干有五六个成年人环抱那么粗。树冠大得出奇，白色枝丫没有一片树叶，零星地挂着猩红色小花。

樱花。

天空与地平线都是灰蒙蒙的，看不清虚实，天上散落的雪花缓缓落在白皑皑的地面上，大树上却没有一丝一片。

一个模糊到分不出性别的低沉声音传来："找到她！"

"找到她？！"蕾姆与霍尔异口同声地嘀咕，尔后似有所悟地对视一眼，"她想找到谁呢？"

残留死者脑海中的余念，只剩下一个若隐若现的"M"，其余则如镜中花水中月一般飘忽不定，在蕾姆与霍尔眼前渐渐散去。

第五章　愚人的试炼

端木夜雨再次核对路牌上的字母，确定自己没有找错地方。

路牌上模糊的“猎兵林场”一行字母，已经告诉他这里是什么地方了。

让他想不通的是，这里应该是适应性测试集结地点，为什么一个人都没有？

面前是晨风拂过沙沙作响的森林，身后是杂草肆意生长、空无一物的泥泞小路。自公交车站下车后，他走到这里，只见到一辆空载的卡车驶过。

伯爵说过，这里是地狱猎兵的重要训练场所，按理说，就算没有训练设备，起码也有一两个人值班吧？最少应该有什么东西证明这里非常重要才对吧？

然而，除了路边孤零零的路牌，目光所及之处，没有任何人类活动的迹象，说这里是原始森林都不为过。

端木夜雨无奈地盘腿坐下，拿出在北镇廉价超市买来的面包，研究着真空包装，半天没有找到便撕口，却在最醒目的地方看到一行粉红色美术体字，应该是广告宣传语，“精选伊普西龙原麦，香甜加倍，酥软满分”。

这样三块钱一包的原味面包，在一百五十公里外的绿洲市能卖到九块钱，在更远的蛮荒之地深处，黑市上能换到五十颗步枪子弹。如果继续向北，越过四处充满危险的锈银森林，在奴隶市场能换到一个大活人。运气足够好的话，那个奴隶能使唤一辈子。

折腾半天，端木夜雨也没能撕开号称可回收的环保包装袋。实在没办法，他只能使用最古老的办法——牙咬。

宣传语并没有骗人，嫩黄的面包刚触及唇齿，一股浓郁的香气便扑鼻而来。他不由自主地连咽几口唾液。

任何对转基因食品有所顾忌的人，吃过伊普西龙公司的产品后，都会对自己的坚持产生怀疑。即便他们难以接受，也会意识到生物工程食品已经不可逆转。在人类生存最基本的需求、最忠诚的执念面前，长远的健康、可能存在的健康隐患，与充满诱惑的美味相比，根本不值一提。

只咬了一口，端木夜雨竟然产生无法按捺的呐喊："好吃！太好吃了！"

他举目四望，身边并没有人与他分享发自内心的愉悦，忍不住仰头高呼："真的太好吃啦！"

细细咀嚼，让舌尖的味蕾得到满足之后，他狼吞虎咽地啃噬完毕，刚想捡拾脚下的面包渣儿时，才注意到三个高矮不一的男人，正沿着他来时的小路走过来。

身处乱世的自卫本能，让端木夜雨立即起身，看了一眼不远处的森林。那里最适合隐蔽，距此大约有三十米，如果尽全力跑过去，五秒钟足够。

端木夜雨顾不上面包渣儿，匍匐在地，死死盯着三个人。他们没有携带肉眼可见的武器，一直无所顾忌地走向他。

看到他们毫无戒备的样子，端木夜雨转念一想，这里是余烬城的隔离区嘛，合法公民还能受到合法的保护。如果自己像恐怖分子那样躲闪，没准儿下场会更惨。

他正在犹豫时，三个人似乎看到了他，加快速度向他走来。

端木夜雨看清了三个人。领头的大个子，金发，平头，相貌堂堂，胡子剃得很干净，穿着一身没有任何标志的迷彩服，怎么看都不像坏人。他身后的两个人穿着十分随意，其中一个人脚上趿拉着人字拖鞋，脸上罩着塑料面具。另一个人完全是拾荒者模样，看什么都想装入口袋，拿回家换钱。

领头的大个子看见了端木夜雨，率先挥手打招呼："你是来参加测试的吗？"

端木夜雨意识到他们可能和自己一样，稍稍放心，回应道："是的。你们也来参加测试吗？"

大个子走到端木夜雨面前，不停地打量他："地狱猎兵只收成年人，最好还是当过兵的，怎么会招小孩呢？你是走后门进来的吧？"他叉着腰点点头，"战争很残酷，可能讲究不起了吧，呵呵！"他主动向端木夜雨伸出右手，"我叫巴克尔，以前是摩塔镇的民兵。"

端木夜雨的小手，被粗糙厚实的大手轻轻握住时，他感到自己的手像被铁钳钳住一样。他仔细打量巴克尔，身体壮如铁塔，不苟言笑，二十五岁上下，一副非常典型的民兵模样。他怯怯地说："我叫端木夜雨。您来自摩塔镇？那地方就在余烬城北边吧？我以前随父亲到那里卖过皮草。"

"你说的可是镇上的毛皮骨肉店？"巴克尔眼前一亮，"老板是死胖子安德鲁吧？他可是奸商啊！"

"对，对！"端木夜雨简直像见到老乡一样开心，"死胖子？哈哈！"他旋即指着巴克尔身后的两个人，"你们是一起的吗？"

“不！”两个戴面具的怪人像早有准备似的，后退一步，摆出巫医跳大神般的怪异造型，用同样怪异的声音喊道：“我们是微光沼泽变相双煞！我叫胡安，狂暴风行爪胡安！”“我叫何塞，老鹰坐飞机何塞！”

“狂——狂暴风行爪——”端木夜雨浑身哆嗦，“老——老鹰坐飞机——”

巴克尔感觉两个人的介绍让端木夜雨有些难以接受，连忙干咳一声：“端木夜雨，你来得挺早啊，不是说好 10 点钟集合嘛！”

“啊，不会吧？”端木夜雨难以置信，“不是 9 点半在这里集合吗？”

“现在已经是——”巴克尔撸起袖子扫了一眼机械表，“9 点 50 分。”他回头看了一眼胡安和何塞，“只有我们四个？不可能！适应性测试，都是以小队为单位进行的。”

“以小队为单位？”端木夜雨一头雾水，怔怔地看着巴克尔，“你以前参加过这种测试？”

“两个月前。确切地说，是准备参加。”巴克尔一脸严肃地答道，“天公不作美，先是强电离风暴，然后暴雪，摩塔镇有好几栋房子被埋了。”

听到暴雪，端木夜雨情不自禁地打了个激灵，左手抖得厉害，不得不悄悄藏在身后。

“嘘！”胡安突然做出噤声的手势，“有动静！”他趴在地上，耳朵紧紧贴在地面上，“发动机的声音！混合动力的！”

三人扭头看到一辆越野车缓缓驶来。

何塞照着胡安撅起的屁股踹了一脚：“起来吧，别丢人现眼了！”

深黑色的越野车上满是污泥与秽迹，轮胎上装着防滑链条，车窗上罩着外挂装甲，只留几个观察孔。引擎盖上，有一个白色不对称画像，身子既像展翅的天使，又像吊起来晾晒的野鸭，头部却是少女头像，怪异得让人感到无比烧脑。

“半翼圣母纹章。”巴克尔像有难言之隐似的咽了一口唾液，“姐妹会教团。”

“姐妹会？那个慈善组织？”何塞摇摇头，“她们到这里干什么？给我们提供粮食和水吗？”

“想啥呢？”胡安一边掸着身上的土一边说，“这些老太婆只给女孩子发放食物，只许当面吃，不让带回家。”

越野车在他们面前不远处停下，后车门打开，下来一位穿着白色长袍与罩衫的棕发女子。她体态丰满、曲线优美，化着淡妆，看样子与巴克尔年纪相当。

“我咋感觉面熟呢？”巴克尔上下打量女人，挠挠头，“这不是——”他恍然大悟，大步上前，扯着嗓门喊，“菲比！是你吗？”

白衣女子举起戴着银戒指的右手，露出非常职业性的微笑："我是菲比。请退后！"她的声音不大，却充满威严，不容人有丝毫抗拒。

巴克尔停下脚步，甚至向后退了几步，缓声说道："我是摩塔镇的巴克尔。两年前，在考克斯商会的车队，你救过我的命。你还记得吗？"

"记得，你是摩塔镇的民兵。"菲比依旧满脸云淡风轻，"你还活着，很好。这一定是神的旨意，让我们在这里重逢。不用谢我，虔诚地赞美神吧。"

巴克尔尴尬地点点头："好——好的。"

胡安好奇地凑到巴克尔面前，小声问道："大哥，你们认识？这么漂亮的女人，也来参加测试？"

被菲比婉拒的巴尔克，无法控制地冲胡安吼道："她是地狱猎兵的精英，拥有'食人魔纹章'，测个毛试！"

"严格地说，我完全不属于地狱猎兵。"走向越野车的菲比闻声停下来，"姐妹会与地狱猎兵合作，我只负责向地狱猎兵推荐有天赋的人才，仅此而已。"

她的话音刚落，一个全身白衣的人从车内缓缓下来。和菲比相比，她的体型明显小巧，身高比端木夜雨还矮。她穿着和菲比身上一样的纯白罩衫，里面是镶有蕾丝花边的白色短袍，腿上套着雪白的长筒裤袜和短靴。

她的头部被白纱裹得严严实实，只在眼睛位置留条细缝，完全看不到脸，也就无法判断她的年龄，但丰满的胸部证明她应该是女人。

“她叫艾丽，和你们一起参加适应性测试。她平时不太喜欢说话，希望你们没事儿不要骚扰她。”菲比点指着四人，“你们给我记住，她是姐妹会的人。一旦她为了维护自身的权益，就会不择手段地伤害你们。她的这种权利，受余烬城官方法律保护。”

“不择手段地伤害我们？”何塞指指蒙面女人，语态轻佻，“她成年了吗？我一只手就能把她拎起来。”

“我可能要用两只手。”胡安一脸淫荡，“抱着应该比较舒服。”

对于两个人的污言秽语，菲比不但不生气，反而赞许似的点点头：“有两个能讲笑话的伙伴，很好！艾丽，这对你的修行有好处。”她转身对蒙面女子说。

艾丽依旧不言不语。菲比轻轻拍了一下她的肩膀，指着四人说：“过去吧，让考官知道你也和他们一样，来参加测试。”

艾丽仍旧没有任何回应，像木偶一样向四人走去。不知为什么，隔着层层白纱，在那道似乎深不见底的黑色缝隙中，端木夜雨隐约感到有一对冰冷的眸子始终盯着自己，直到她在巴克尔身后站定，才将视线从他身上移开。

“艾丽，你必须记住，无论你身在何方，神都在看着你。”菲比将食指与中指并拢，点了点双眼的眼睑，“你不要让神失望。”说完，她便钻入越野车，原路返回。

原本还能凑合聊几句的四个人，因为艾丽突然加入，一时间谁都找不到话题了。

艾丽始终盯着东边的灌木丛。胡安和何塞实在憋不住，猥琐地窃窃私语。巴克尔掏出一根手制卷烟，费了好大力气，才用打火机点燃，有一口没一口地吸起来。

有些无聊的端木夜雨，从背包中掏出一根巧克力棒，端详一会儿，又没找到包装袋的便撕口。

“哪个神经病设计的！”他咒骂着，龇牙咧嘴地撕扯着，费了好大力气也没能撕开薄如蝉翼的包装袋。

艾丽默默地看着狼狈的他。

端木夜雨忽然抬起头，两个人的视线撞击在一起，各自愣了一下，然后迅速移开。

“我——”端木夜雨尴尬地挠挠头，觉得自己既然开了口，不把话说完没有礼貌，于是没话找话，“我叫端木夜雨。你叫艾丽吧？”

艾丽依旧没有回应。

在她旁边的胡安大声说：“兄弟，我劝你最好不要招惹她！”

“我招惹她了吗？没有啊！”端木夜雨满脸不解。

“她是姐妹会训练出来的圣武士，用圆珠笔都能把你大卸八块！”何塞解释道，“姐妹会的人入会时都发过誓，要终生侍奉她们的神。你想讨她做老婆，只能是痴心妄想。”

端木夜雨哭笑不得，连连摆手：“我只是想和她认识一下，以后我们都是队友嘛！”

“你们既然知道她是圣武士，刚才为什么还跟菲比说笑话？活腻歪了吗？”巴尔克突然冲胡安和何塞吼道。

“这不是太无聊了嘛！”胡安支支吾吾地说。

巴克尔叹口气，摇摇头：“你们确实是活得不耐烦了！”他转向艾丽，缓声说道，“不好意思，请您不要和我们这些粗人一般见识。活在蛮荒之地，我们基本都忘了应有的礼数。”

出人意料的是，艾丽竟然微微努努嘴，似乎接受了巴克尔的道歉。

巴克尔还想补充时，突然脸色大变，立即扔掉手中的卷烟，用脚狠狠踩灭：“来了，来了！”

艾丽早就注意到灌木丛旁，一匹健壮的黑马驮着一个瘦高黑衣女子，缓缓向他们走来。

端木夜雨收起巧克力棒，顺着巴克尔的视线望去，看见一个异常优雅的黑衣女人侧坐在马鞍上。

“怎么又是女人？”何塞的视力相当不错，“好像还是亚裔。哇，全身都是黑的，连马都是黑的！”

“安静！”巴克尔紧张地搓着手，“这时候到这里来，她应该是考官。”

所有人闻言，不由自主地立正站好。

黑衣女人在他们面前下马。端木夜雨用眼角余光偷偷瞟了她几眼，确实是通体黑色。

黑色的长发束成一条粗大的麻花辫，搭在鼓胀的胸前；

黑色墨镜把娇小的东方人面孔遮住大半；深黑色旗袍上灰白色勾边，恰到好处地绘出余烬城“昂翼灰凤纹章”。

她身边的战马也是黑似煤炭，连骑具和驮包都是纯黑色。一人一马在明媚的阳光之下、满地绿草之上，格外扎眼。

巴克尔紧皱眉头，眼神游离。

端木夜雨不得不承认，她是他到目前为止，见过最优雅的女子。她昂首挺胸，从脖颈儿延伸到臀部的曲线，仿佛艺术品般完美；胸前傲娇挺拔的双峰，似乎要挤破布制的藩篱。

面对这个人间尤物，巴克尔的额头却渗出冷汗，手指莫名地微微战抖。

二十几岁的黑衣女子，慢吞吞地自左向右、又自右向左地扫视五个人，像检阅仪仗队的将军。

她跺了跺脚，摘下墨镜，把长辫子甩到身后。相比堪称完美的身材和脸型，那双一直瞪得很大的棕色眼睛，看上去有点不和谐。双唇紧闭、银牙紧咬，仿佛全世界都亏欠她似的，与不怒而威的眼神绞合在一起，不自然地流露出一股难以名状的暴戾之气。

“你们都是参加适应性测试的？”她眉梢轻挑，“只有五个？很好，这说明最高统帅部非常重视这次测试。”她单手叉腰，兀自地点点头，“我叫花乃子，多萝茜·花乃子，地狱猎兵无头金丝雀小队队长，现在担任你们的考官。”

一直沉默的巴克尔突然大声质问：“你就是无头金丝雀多

萝茜？”

“如假包换！”花乃子走到巴克尔面前，上下打量他一遍，“你听说过我？北边来的吧？”

巴克尔低下头，盯着脚尖看了几秒钟，突然抬起头，喊道：“我要退出！”

“啥？大哥，你说啥？”嘻嘻哈哈的胡安与何塞也慌了，齐声问，“你要退出？”

巴克尔点点头，转身盯着花乃子：“我放弃这次测试，可以吗？”

“当然可以！”花乃子摆出一副“死了胡屠夫，也不一定吃带毛猪肉”的架势，“小白脸，后悔再来。不过，下次你不一定能遇到我。”她想了想，“嗯，如果你点儿正的话，也许可以。”

最不应该退出的人退出了，其他四个人一时间六神无主，不知所措，只能用呆滞的目光望着巴克尔远去。

走出差不多五十米时，巴克尔才回头看了他们一眼，也仅此一眼。

“还有人想走吗？”花乃子背着手，注视着四个人，“现在你们后悔还来得及，不会被地狱猎兵征召处记录在案。如果测试途中退出，就会被视为‘二级淘汰’，这辈子也别想加入地狱猎兵。”

胡安与何塞都在犹豫，谁都拿不定主意；端木夜雨无处可去，就算死也得死在这里；艾丽依旧沉默，仿佛全世界都与她无关。

花乃子见没人说话，说道：“在我这里，沉默就代表默许。下面，我们干正事儿。”她扫视四个人几遍，皱了皱眉头，突然吼道，“三个人蒙着脸，你们打算在这里开假面舞会吗？”

三个蒙面的人迟迟没有反应。

花乃子吼道：“退出或者戴面具，选择其一！”

胡安和何塞慢吞吞地摘下面具，露出脸上骇人的文身。

花乃子瞟了一眼两个人的脸：“混过帮派？南边还是东边？”

“微——微光沼泽。”摘下面具的胡安，好像从网络回到现实中的键盘侠，说话都有些结巴，“旁边的——废城。”

“废城？圣安第斯市废墟？”花乃子把目光转移到端木夜雨脸上，“我的小队路过那里一次，听说那里的帮派挺邪性的，据说还吃人，是吗？”

“我们所在的帮派，只是城郊的小帮派。”胡安耸耸肩，“我们还种田呢。”

“还养牛。”何塞补充道，“我们买不起余烬城的牛肉。”

“答非所问！你们直接回答我，那里的帮派吃不吃人？”花乃子似乎没有耐心听他俩说废话，点指四人，吼道，“从现在开始，我问什么，你们就回答什么，多一句少一句都不行！明白吗？”

“明白！”何塞反应极快，“报告长官，我们不吃人肉，饿死都不吃。住在城中心和地铁旁的人得了一种怪病，我听到那里拾荒的人说，他们会吃人。”

“圣安第斯市没有遭到核弹袭击，居民身体出现变异，多半是由于生物武器或者病毒真菌引起的。”花乃子的声音舒缓了一些，“如果有时间，我们应该做一个彻底调查。”她突然提高嗓门，“我接受你们戴面具的理由，但是，余烬城不接受帮派的垃圾！从现在开始，你们就是地狱猎兵的一分子，必须像真正的地狱猎兵一样，勇敢地面对真实的自己、真实的世界！”

看她的表情，似乎没有任何商量的余地。

胡安与何塞立即把面具踩碎，踢到一边。

花乃子对他们的行为却视而不见。她把目光转向艾丽：“我看过你的资料，你是叫艾丽，邪教女僧，绰号‘玻璃人偶’。”

艾丽毫无反应，仿佛一条晒干的咸鱼纹丝不动。

“我不管你是不是姐妹会推荐的圣武士，现在你只有一个身份——地狱猎兵，你就必须无条件遵守地狱猎兵军规，我也不例外。”花乃子突然指着艾丽，喝道，“你，摘下面纱，马上！”

艾丽没有说话，开始自上而下、一圈又一圈地、精心细致地卸下面纱。

面纱撤去，带着微微金属光泽的白色卷发，水银泻地般冲下她的肩头，直达浑圆的臀部。

艾丽仰起头，甩甩长头，将长长的白绢丢到一边。

光滑圆润的脸，苍白得像刚打磨出来的羊脂玉。精致到极限的五官，稍显一些稚嫩。在场四个人看到她的模样，立即理解了人们叫她“玻璃人偶”的原因。

然而，当胡安看到艾丽漂亮得令人窒息的眼睛，不禁失声喊道：“她是白亡症患者！”他连连后退几步，“这种病具有传染性，你们快离她远一点儿！”

艾丽用血色珊瑚珠般的眼睛瞥了胡安一眼，又陷入当初的静默状态。

“TN-33 是先天性辐射病，只在母婴之间传播。她又不是你妈，你怕个球！”花乃子冲胡安吼完，转向艾丽，缓声说道，“地狱猎兵绝不会招收残疾人，姐妹会既然把你推荐过来，想必你已经有办法控制病情。”

艾丽轻轻地点头，仍旧不说话。

“姐妹会就不能招些正常人吗？”花乃子紧皱眉头，“如果说句话不会死的话，你能不能告诉我，为什么一直裹着面纱？你长得也不丑啊，难道担心余烬城里的人把你当作传染源？”

“怕——晒黑。”艾丽终于说话了，尽管声音低到不能再低。

花乃子还是听清楚了：“有动静就好，希望你以后别这么费劲儿！”她一个接一个地指着四个人的鼻子吼道，“下面，我要讲三点。第一，不管你们来自何处，有多大本事，干过哪种惊天伟业，从现在开始，你们必须彻底忘记你们的过去。在这里，你们只是一文不值的猪，两头公猪和两头母猪！”

糙到难以入耳的话，让端木夜雨难以接受，面露怒色。

“那头猪，有什么问题吗？”花乃子指着端木夜雨吼道。

“这里应该是——”端木夜雨小声支吾着，“三男一女吧？”

“是男是女，由我决定！”花乃子走到端木夜雨面前，几乎脸贴着脸，“你这种娘炮，也配叫男人？”她后退一步，吼道，“闭嘴，站好！母猪！从现在开始，你就是母猪，明白吗？我问你明白吗？”

在胡安与何塞的窃笑中，端木夜雨不太情愿地点点头：“是——是的！”

“不是‘是的’，地狱猎兵必须用‘明白’回答长官！明白吗？”

端木夜雨立即大声喊道：“明白！”

花乃子伸出两根手指：“第二，余烬城只接受对它有价值的人。同理，地狱猎兵也一样，我不会训练毫无经验的菜鸟，只接受符合我们要求的强者。在你们这群猪身上，我完全没有看到老兵或者荒野生存强者的痕迹，那个退出的帅哥还有点儿意思，可惜吓跑了。”她耸耸肩，“所以，请你们明白，接下来的适应性测试，绝对不是我的教学课，更不是你们的体验课，而是决定你们能不能加入地狱猎兵的一次性考试！记住，只有一次。我作为考官，绝对不会对你们有任何照顾。早一天把你们淘汰干净，我就早一天回家休息。你们——明白我的意思吗？”

“明白！”四个人异口同声回答。虽然艾丽只是嘴唇嚅动，但毕竟还是动了。

花乃子伸出三根手指：“第三，测试要持续三五天，原则上没有生命危险，但从以往的测试过程来看，你们并不是百分之百安全。说白了，你们可能随时会白白挂掉。”花乃子摊开双手，“我呢，对你们的死，不用负任何责任。如果遇到需要我出手相助，你们才能活下来的情况，请你们最好自己了断。原因只有一个，那就是你们还能死在文明世界，至少不用曝尸荒野。”

端木夜雨听得毛骨悚然，不由自主地用余光瞥了一眼身边的三个人。艾丽仍旧目不斜视，仿佛听外婆讲故事；胡安和何塞，也和他一样，额头渗出一层冷汗。

花乃子根本不关注四个人的表情，转身从马背上的驮袋中摸出一卷白纸，像宣读圣旨似的慢慢展开，平举到眼前：“我宣布本次适应性测试的内容。你们到达地图上标记的 ABC 三个地点，找到所有规定的补给袋，然后回到这里，使用补给袋中的信号弹或通讯器，向最高统帅部回报，完成测试。”

她收好白纸卷，又摸出一张皱巴巴的纸质地图，展开看了一遍后，重新叠好，捏在手上：“从理论上讲，在测试过程中，我是你们的代理队长，但实际上我并不会干预你们的任何行动，所以你们需要一个副队长负责指挥——一个无论他说什么，你们都无条件服从的人指挥。”

胡安撇撇嘴：“适合做指挥的人，已经退出了。”

“如果没有合适的，按照惯例，那就选年纪最大的。”花乃子看了看何塞，“就是你了！”

何塞看起来只有十七八岁的样子，但他看看其他三个人，确实都比他的年龄小，只好认命：“好吧，我做副队长。不过我把丑话说在前面，我连自己都管不了，你们别指望我做靠谱的事儿。”

“怎么当副队长，是你自己的事儿，与我无关。”花乃子上前一步，将叠好的地图递给何塞，“现在你分配一下各位的装备。”

她从马背上搬下驮袋，取出一个布包扔到何塞脚下。

何塞打开布包，发现里面是压缩饼干、瓶装水、各种余烬城生产的野外生存药片，被分成五等份，用橡皮筋扎成五包。

三个人围拢过来。何塞指着五个大小相同的补给包说：“都已经分好了，你们随便拿吧，每个包里的东西都一样。”

三个人取走自己的补给包后，何塞拿起无人认领的补给包，扔给花乃子。

“你们分了吧！”花乃子又把补给包扔回来，“你们当中，有人退出，或者死了，那个人留下的一切物品，你们可以随意利用，包括他的尸体。你们在蛮荒之地能活下来，应该懂得这些。”

不知道接下来做什么的何塞看了看花乃子：“我们接下来

做什么？”

“别问我啊！”花乃子站在马前，靠着马鞍，双手抱肩，“参加测试，还能做什么？想看戏也得有人给你们演啊。”

胡安拍了一下何塞的肩膀：“她不是给你地图了嘛，看地图，上面肯定有任务。”

四个人围拢在一起，看着铺在地上的地图。地图上果然有三个醒目的红叉，分别标着 A、B、C 字母，其中 A、B 点位于森林东西两端，C 点在森林中央凹形的小湖内。

“说句老实话，我这辈子就没学过地理。”何塞挠挠头，“谁能告诉我，咱们现在在哪儿？”

辨认方向和地形，是猎人的基本技能。端木夜雨抬头看了看太阳的位置，然后问花乃子：“您能告诉我现在的确切时间吗？”

“不错，总算有个有时间观念的人。”花乃子从口袋里摸出一块表扔给端木夜雨，“别指望用这玩意儿判断方向，它是电子表。”

端木夜雨接过表，上面显示是 10 点 20 分。有了这块表，利用太阳和森林里的树木和植被，很容易判断出方向。

端木夜雨根据自己的记忆，在地图上找到显著的标记，然后用手指丈量距离，指着一点说：“我们现在应该在这里，距离 A 点只有五公里。我们先去 A 点，天黑前肯定能赶到。”

第六章　手　魔

门铃响起时，霍尔正在杂乱无章的小屋里酣睡。

彼岸之塔附近的房价，已经不是工薪族能过问的事情。如果他们非要去问，结果是一样的，不是怀疑自己存在的意义，就是怀疑自己努力的意义。

关于身世，他并没有对蕾姆说实话。他确实是第一代“完人计划”产物，但他并不是只剔除致病与冗余基因的普通型号，而是经父母同意，加入了一些秘密的实验项目。

无论百年不遇的高智商，还是高效的学习能力，都不是十三岁的霍尔获得博士学位并进入龙骑兵研究中心的直接原因。他比智慧的人更努力，比聪明的人更拼命。只要他认准一件事情，不做到完美决不罢休。

但是，经常透支体力、心力，让他付出了巨大代价，比如身高和体质都不及常人，还经常犯胃病。

蕾姆走后，霍尔原本打算回家休息，却发现一个实验数据出现异常。待他找出原因并更正过来，已经是 3 月 27 日清晨。不知不觉中，他又在实验室里工作了八个小时。

浑身酸软的霍尔摇摇晃晃地离开研究中心，走出大门就失忆了。现在他完全不记得自己是怎么回到床上的。

门铃执着地叫着。

霍尔揉揉惺忪的睡眼，确认在自己家里时，才披上衣服，走向房门。

穿着军装、戴着翼盔的蕾姆，一脸严肃地站在门口。她身后站着两名荷枪实弹的龙骑兵。

见对方如此正式，霍尔一头雾水："你们这是几个意思？"

"你是霍尔博士吗？"蕾姆仿佛从未见过他似的，语气冷硬，"请你立即跟我们到研究中心协助调查。"

"协助调查？查什么？"霍尔问。

"你会知道的，但不是现在。"蕾姆表情冷若冰霜。

霍尔意识到多问无益，于是点点头："我换套衣服。两分钟。”

两分钟后，一行四人在马路边等红灯。霍尔拼命回忆昨天的每个细节，也找不到自己被“约谈”的原因，于是他放弃猜测。

彼岸之塔东门员工通道，被一个通体深灰色涂装的人形机甲机器人占据。

这个机器人，名叫“狂战士”，独眼的瞳孔中，散发出红光，不停地扫描着它面前的人和物。它身高接近三米，两条粗壮的机械臂挂在肩上，双掌扶着腰间类似刀鞘的东西。在它肋部，还有两条与正常男性手臂差不多的辅臂，擎着一把龙骑兵制式 SCAR 突击步枪。它的两腿之间还有一把充电枪，一根成人拇指粗的电缆与其相连，一直延伸到十几米外的黑色防爆车上。防爆车的车身上印着余烬城的昂翼灰凤纹章，以及“龙骑兵治安团”字样。

霍尔纳闷地看了看身边的蕾姆：“用一部‘狂战士’迎接我？这也太隆重了吧？我的命还没有那根电缆值钱吧？”

“不是一部，是两部！”蕾姆指指不远处的花坛，那里果真还有一个无线遥控的“狂战士”机器人半跪在地，好像在查看什么。她冷冷地说，“宝贝放在正确的位置上，才能叫宝贝，否则就是废物。”

一只受惊的黑猫从花坛中鱼跃而起，那部“狂战士”随之站起，确定没有异常之后，也向东门走来，与霍尔一行人同时走到门口。

蕾姆弯腰从地上拾起一把充电枪，看都不看就扔给身后的“狂战士”。“狂战士”用辅臂准确地接住，熟练地插在两腿间，并用沙哑的电子合成音致谢：“谢谢长官！”

“把住门口，闲人不得入内！”蕾姆命令道。

“保证完成任务！”“狂战士”站下，立正敬礼。

四个人走进电梯。蕾姆好像没话找话，对霍尔说：“这些机器人，入列就有下士军衔。”

霍尔对此并不奇怪，心不在焉地回道：“有什么奇怪的，养一个‘狂战士’比你们养十个大头兵还费钱。”

蕾姆把头扭到一边，厌恶之情尽显脸上。

生物实验室电梯口也有一个“狂战士”机器人。蕾姆实在想不出，它是怎么运到一百五十七层的。

走出电梯，霍尔问：“中尉，现在你可以告诉我发生什么了吧？”

蕾姆依旧面无表情，伸手示意霍尔继续往前走。

“让我猜猜。”霍尔一边向前走，一边嘟囔，“你不是治安团的人，我能在这里见到你，只有一种可能，这事和前天那个案子有关，对吧？”

“建议你把精力还是放在正事儿上吧。按照红色箭头指示走！”蕾姆的语气还是冷冰冰的。

他们进入一间陈列着大大小小培养槽的实验室。

“这是——样品间，所有样品的密级都很高。”霍尔蹙眉看着蕾姆，“你不应该出现在这里，中尉。”他之所以强调蕾姆的军衔，是想暗示她的级别还不够。

蕾姆脸上的不耐烦，已经溢出翼盔：“博士，你想多了，还是处理好你自己的问题吧。”

他们在一个中型饮水机大小的培养槽前站下，槽内亮起灯光，将里面的小怪物照得清清楚楚。那是一只有点儿像蜘蛛的东西，蜷缩成团，估计全面展开，也不过半个椰子那么大。

霍尔凑近细看，惊讶得微微张开嘴巴，欲言又止。他思索几秒，确定自己从未见过这类东西，从未听说研究中心有类似的研究项目。

“这到底是什么东西？”霍尔自言自语。

“我们还等你提供答案呢，霍尔博士。”一个穿白大褂的黑皮肤女人从暗处走到霍尔跟前，冷冷地说。她的年纪不小，甚至可以做霍尔的奶奶。

霍尔看到老女人，竟然有些敬畏。他像小学生请教老师一样，问道：“莫里斯主任，这里面到底是什么东西？”

莫里斯没有直接介绍里面的东西，而是说：“今天上午 10 点 05 分，研究中心安保处发现有人通过生物实验室的内部网络，向未知电子邮箱发送文件。被中止时，已经传送了超过 6G 文件和图片。”

“不可能！生物实验室里只有一台电脑链接外网。”霍尔挥舞着双手喊道，“只有密码和指纹同时使用，才能启动那台电脑！”

蕾姆不动声色地问霍尔：“博士，实验室里，只有你拥有使用那台电脑的权限，对吧？”

霍尔瞪大眼睛，满脸狐疑地望着蕾姆：“你——你怀疑我发送的文件？上午 10 点钟，我——我还在自己家里睡觉！”

“安保处的人冲进你的办公室时，在电脑键盘上看到了它。”莫里斯指着培养槽说，“它被人按住的时候，还挣扎着用爪子敲击键盘。”

“这——这——”霍尔仔细端详培养槽里的怪物，一头雾水，“看样子，它应该是低端生物，怎么可能解锁高级电脑？就算它蒙对密码，我的指纹呢？难道它有我的指模？不可能，这台电脑根本不识别指模！”

“它没有使用你的指纹。”莫里斯也盯着那个怪物，脸色阴沉得要滴水，“它使用了索契斯的指纹。”

霍尔感觉此时自己像一无所知的小学生，他千辛万苦掌握的各种逻辑，全被眼前这个低端生物否定。

他挠挠头：“索契斯不是已经死了吗？”他像突然想起什么似的，猛地扭头看着蕾姆，“等等，既然它能使用索契斯的指纹，难道它和昨天的案子有关？”

蕾姆脸上依旧冷若冰霜：“根据 DNA 检测结果分析，这个鬼东西身上出现了前天你解剖的那具无名女尸的基因。”

霍尔恍然大悟 :“莫非它是那个女人的——”

“没错。”蕾姆点点头，“恐怕它就是那个女人的‘胎儿’。”

霍尔的脸几乎贴在培养槽上，像看到传说中的神明一样，发自肺腑地连连赞叹 :“杰作！绝对是杰作！”

第七章　在A点

虽然地图上标注只有几公里的距离，端木夜雨等四人却走了两个小时。他们原以为可以轻松到达，现在却觉得事情远没有想象中那么简单。

这片森林里的植被密度大得惊人，不亚于南方的原始森林。上面是遮天蔽日的树冠，下面藤蔓与灌木交错，别说找到路，找个下脚的地方都难。

地狱猎兵提供的补给中，没有任何工具。他们要想通过这片蛮荒之地，有一把开山刀是必需的，也是必要的。

“那个女人的马背上有把刀。”走在队伍中间的胡安小声道，“何塞，你去跟她商量一下？”

走在前面的何塞停下来，转身奔向花乃子。

花乃子优哉游哉地拉着马，慢悠悠地走在后面，始终与他们保持着一段距离，仿佛在欣赏四个人的狼狈相。

何塞走到她面前，连说带比画，不知道他使用什么办法忽悠她。

端木夜雨拿着地图，与胡安一起看着队长和副队长。尽管彼此离得不远，但两个队长说话声音太低，他们根本听不清。

艾丽似乎不关心任何人任何事儿，不紧不慢地从端木夜雨身边经过，径直向前走。

“小妞，你等一下！”胡安向艾丽招手。

艾丽旁若无人般地往前走，端木夜雨几步追上她：“艾丽，副队长正在向队长申请开路工具，有工具辅助，我们会轻松些。”

艾丽身上的白裙已经撕开几个小口子，白皙的手臂被刮出几道血印，但她似乎对此视而不见，也不在意端木夜雨的好言相劝，吃力地举起面前的树枝，小心地绕开脚下的古藤。

在端木夜雨看来，她的动作相当笨拙，估计是第一次在丛林中行走。

“喂，你把我们的好心当成驴肝肺了？”胡安见艾丽不领情，冲上来一把抓住她的手腕，“你听不懂人话吗？”

艾丽像讨厌被人搂抱的猫咪一样，轻巧地用腕部猛压胡安的拇指，轻松摆脱他的控制，顺势抓住他的拇指，反关节下压。

胡安立即蹲下身子，失声哀求：“大姐，轻点儿，轻点儿！”

艾丽松开手，扫了端木夜雨一眼，慢吞吞、懒洋洋地说：“有本事你们申请一架直升机，不是更省事儿？用脚指头都能想到，这是测试的一部分。”

果然如艾丽所言，费尽口舌的何塞不但一无所获，还挨了一顿训斥。

“算了，这是我们的选择，现在我们已经别无选择。”端木夜雨安慰何塞，“我们多少年来都是无路可走，不差这一段。”

“有讲哲理的工夫，折点儿树枝多好！”何塞苦笑一下，“别给我灌鸡汤了，我好歹也是闯荡江湖多年的人，啥事儿没遇到过？”

路再难走，只要前行，就能向目标靠近，只是速度慢一些而已。

他们艰难地摸爬了两小时后，带路的胡安表情越来越凝重，不由自主地四处张望，嘴里不停地念叨：“咱们是不是走错方向了？！”

端木夜雨抬起头，透过树冠的空隙，勉强能看到太阳的位置：“应该没错啊！”

“我怀疑我们在原地绕圈子。”胡安抹了一把额头上的汗，“按理说，如果咱们走直线，应该早就到达目的地了。”

在遮天蔽日的原始森林中，没有指南针校正，谁都无法保证自己能走直线。

现在，端木夜雨也怀疑自己在开始时就可能判断失误。他捧着地图，摩挲着红色“A”的位置：“我只想赶紧出发，到目的地再说。实际上，我们并不清楚他们让我们找什么。”

“三个隐藏的补给袋。”何塞凑到地图前，指指身后不远处的花乃子，“她都强调好几遍了。”

“我知道找补给袋，但这也太笼统了。”端木夜雨分析道，“‘隐藏的补给袋’，致命的地方是‘隐藏’。在这片森林里，别说找一个隐藏起来的袋子，就算找一个明摆着的山头都难。这个袋子，可以埋在地下，也可以挂在树上，我们总不能在这片森林里一寸一寸地摸吧？”

“马后炮，事后诸葛亮！”何塞一脸嫌弃，“我看你成竹在胸的样子，还以为你如探囊取物呢！”

“大哥，我就说嘛，小白脸儿，没有好心眼儿。”胡安乘机插嘴道，“我们就不应该相信他。亚洲人都是看《三国演义》长大的，坏着呢！”

端木夜雨无心跟他们打嘴仗，他把地图拿到有阳光的地方，盯着标注“A”点的地方，思索良久，说：“这里离森林边缘不远，从现在开始，我们一直向东走，走出森林之后——”

毫无办法的何塞，凑过来问：“之后怎么办？跑到森林外面，就能找到藏在森林里的东西？你的脑袋被胡蜂蜇漏浆了吧？”

何塞无意中的讥讽，让端木夜雨忽然想到，走出森林是为了确定当前的方位，但在森林外确定A点的位置根本做不到，因为A点的范围太大了，从地图上看，至少方圆三公里，比B、C两点要大三倍。

“等等！”他盯着地图，仔细端详B、C两点。C点旁边有一个小湖，B点旁边有半间小屋，两点旁边都有明显的标志物，A点附近却什么都没有。

“没道理啊，应该有啊！”端木夜雨嘀咕着，将地图举过头顶，对准阳光。

“应该有什么？”胡安焦急地问，“你在嘀咕什么啊？”

“果然有！”端木夜雨长吁一口气，“A点在一个池塘附近！”

红色“A”字母，印在一小块不规则的蓝色区域内，被森林完全包围。即便没有明确的图示，端木夜雨凭直觉认定那是一片水域。

“水库？”何塞也发现了这个秘密。

“对，小水库。”端木夜雨放下地图，斩钉截铁地说，

“按照地图比例推断，那个小水库应该有一万多平方米，不难找的！”

“一万多平方米？即便我们找到又有什么用？补给袋再大，还能有多大？”胡安耸耸肩，“和大海捞针有区别吗？”

端木夜雨说：“总比我们翻遍整片森林强吧！”

何塞说：“死马当作活马医吧。走，万一碰上死耗子呢。”

端木夜雨还在犹豫：“现在的问题是，我们怎么才能找到那个水库。”他又看了看地图，“水库，水库——水库应该是人工修建的，附近必然要有水源。只要我们顺着小溪的流向走，应该就能找到那里。可是，附近哪里有小溪呢？”

“我们帮派里训练过找水的狗。”胡安插话道，“能找纯净水源的那种。”

“废话！你咋不说有架直升机更好呢？”何塞白了胡安一眼。

“我们不但没有通信工具，连砍树皮做标记的小刀都没有。如果我们分头去找，就算有人侥幸找到水库，找到补给袋，也不能算完成任务。”面对无解的难题，端木夜雨一时间无计可施。

“这不行，那也不行，还研究个屁？！”胡安泄气地啐了一口，“还是瞎猫碰死耗子吧。活着就找，累死解脱。”

何塞瞥了一眼胡安：“想死还不容易啊，干吗非得累死？你自己挖个坑跳进去，我绝对能成全你，把你埋得严严实实，还能给你立块碑，刻上生卒年月日！”

胡安被何塞怼得外焦里嫩，一时无语，嘟囔道：“你——到底是哪边儿的啊？怎么在关键时候六亲不认啊？”

端木夜雨被两位大神逗乐了：“别吵了，办法总比困难多！”

“你们男人只会打嘴炮吗？有时间动动脑子好不好？”连无心旁观的艾丽都说话了，“如果你们认为方向没错，距离估算没错，那么水库也好，A 点也罢，是不是应该就在附近？”

四个人突然安静下来，周遭只剩下零星微弱的虫鸣。端木夜雨、何塞、胡安狐疑地相互看了看，然后一起把目光投向艾丽。

三秒钟后，胡安才像发现补给袋似的喊道：“你们听到没有？她竟然能说话，能说这么多话！”

“她也没说自己是哑巴，说话有什么稀奇的？”何塞推了胡安脑袋一把，盯着艾丽小声说，“你的判断也许是对的。这样吧，我们变纵队为横队，一字排开，相互呼应着向前搜索。”

这是没有办法的办法，端木夜雨立即同意：“这里的植被密度很大，每个人的间隔控制在二十米——不，十五米之内。一旦听不到身边人的动静，就一起停下来，相互喊话。”

艾丽摇摇头，细声慢语地说：“我不想喊。”

“那——”端木夜雨挠挠头，“你在队伍最左边，挨着我。”

“她走不动的时候，你最好背着她。”何塞自动站到队伍最右边，回头看了一眼后面的忠实吃瓜观众花乃子，“走着！”

他们找到那个水库的时候，天边已经泛起晚霞。

身心俱疲的端木夜雨看了看表，已经是17点20分。

他们面对眼前长宽差不多都有一百米的“水库”，才意识到他们的判断并不对。因为这里只有“库”，没有水，命名为“大土坑”，似乎更准确。

这个大土坑确实是人工挖掘的，深约五米，四四方方，直上直下，里面没有一滴水。看样子，更像一个仅挖出雏形的大型游泳池。

大土坑西侧非常明显的位置上插着一把工兵铲。大土坑中央，有两个互相倚靠的麻袋。其余地方，再无他物。

胡安指着两个麻袋说：“那两个麻袋，就是我们用生命寻找的补给袋吧？就那么明晃晃地摆着，咋还叫隐藏呢？”

何塞在四周搜索一会儿：“能叫作袋的东西，也就是它们了。它们在大坑里，我们拿上来？”他低头打量一遍脚下的坑壁，“连个放手脚的地方都没有。”

“附近不是有藤条嘛！”胡安点指四周，对何塞说，“你弄一根回来。你攥着藤条顺下去，然后我们再把你拉上来，多么简单的事儿啊。”

“你少对我指手画脚！我没有给你们填大坑的义务！”何塞瞪着胡安喊，“你以为藤条是麦苗啊，一把就能拔下来？猪脑子！”

“你那么讨厌藤条，弄根粗树枝也行。”胡安一本正经地说。

“我讨厌你，想弄死你！”何塞吼道，“你们有招想去，没招死去，别指望我，我又不欠你们的！”

这时，端木夜雨把那把工兵铲拿过来。

何塞接过工兵铲，反复比量：“把它插到坑壁上当扶手——不对，当悬梯垫脚不就行嘛。”

“猪头，坑壁有五米高！”胡安指着坑壁嚷道，“把三个你接在一起，能探到底儿就不错了。再者说，你四肢并用，脚蹬手扒，不掉下去就烧高香了，我就不信你挂在上面还能腾出手干活！”

端木夜雨也打量坑壁：“能不能在坑壁上挖出土梯子？靠一把小铲子，得挖到什么时候？”他当即觉得这个办法不可行。

就在三个人一筹莫展时，艾丽起身，从端木夜雨手里夺过工兵铲，径直走到坑边，观察一下坑底，便纵身跳下去。

三个人赶紧凑到坑边，只见艾丽如狸猫一般轻盈地落在坑底，然后用工兵铲掘土。

“你在干什么？”端木夜雨喊道。

艾丽不吭声，以极快的速度掘土，不一会儿就堆出一个松软的土堆。她掸掸衣裙的泥土，转身走向麻袋。

“瞧瞧，咱们还不如小娘们儿。”何塞瞄准土堆，纵身跳下去，正好落在土堆上。因为落地时有缓冲，他双腿一软，扑倒在地，但没有受伤，爬起来走几步，感觉身体正常，就冲上面喊道，“再下来一个人帮她，我要挖几个踏脚坑。”

不等端木夜雨说话，胡安赶紧说：“大兄弟，我是天主教信徒，和姐妹会的人老死不相往来。”

端木夜雨恐高，望着坑底迟疑地说：“我个头矮，下去也没啥用啊。”

“别看我，我也就一米七出头，比你高不了多少！”胡安指着艾丽，“那个丫头才多高，不也下去了嘛！”

若论胡搅蛮缠，端木夜雨和胡安根本不是一个重量级的。他瞄了半天土堆，闭上眼睛，在心里把各路神仙求了个遍也不敢跳，最后还是胡安把他推下去的。

还好，他不偏不倚地落在土堆上。

花乃子牵着马，瞪着本来就足够大的眼睛，面带诡谲的浅笑，像欣赏一群接近老鼠夹子的荷兰猪，注视着丑态百出的他们。

端木夜雨跑到艾丽身边时，她已经打开第一个麻袋，从里面掏出五个盛满水的水壶，三顶简易帐篷和一个小型医疗包。

端木夜雨拿起医疗包，盯着上面的双蛇标志看：“这是什么？我好像在哪里见过。”

“伊阿索公司商标。”艾丽淡淡地说，“这是伊阿索公司生产的标准型野外救生医疗包。”说着，她小心地打开医疗包，看到两管针剂、三个药瓶、一卷纱布和两小袋白色粉末。

端木夜雨指着透明药瓶中五颜六色的药片，好奇地问道：“这是什么药？”

艾丽没有说话，将药瓶递给他，指指后面的使用说明。

端木夜雨接过药瓶，认真地看起来。红色药片是止疼镇定药，一日一次一片，滥用会上瘾；蓝色药片是新型抗生素，据受伤情况酌情服用，滥用可能导致休克；黄色药片是“退辐灵”，在进入有辐射污染地区之前服用，旁边附有辐射伦琴指数与服药量对比图。

针剂是伊阿索公司出品的综合型急救药剂，名为“万伤愈”，具有止血镇痛、提高肾上腺素与增强大脑活力功效。虽然不能治病，但保证人受伤后，还能维持一定水平的攻击力。

纱布和止血粉在蛮荒之地也是随处可见，没什么稀奇的。

端木夜雨数了数药品数量，说：“这是供五个人使用的药量，可惜巴克尔不在了。”他望向坑外，惋惜地说，“他的身体素质应该是最好的，为什么要退出呢？”

艾丽低声说：“那是因为他比你更了解这次测试。”她打开另一个麻袋，淡定的脸色突然露出悚然之色，猛地站起来。

这时候，何塞也来到他们身后。

“怎么了？”端木夜雨凑过去想看。

艾丽抓住麻袋底角往上一提，把里面的东西全部倒出来。

一把短管左轮手枪、一支二连发老式霰弹枪、一把两尺长的开山弯刀、一把长柄消防斧、三把大小不一的匕首赫然出现在他们面前。

虽然不是先进武器，但总比赤手空拳好得多。见过各种突击步枪的何塞，此刻对主考方的恩赐，都有点儿感激涕零了。

端木夜雨小心翼翼地拿起左轮手枪，打开转鼓式弹仓，失声说道：“这是真枪，里面有四颗子弹。”

“这种猎枪，估计军事博物馆里都没有！”何塞拿起霰弹枪，打开弹仓，“里面还有两发子弹，难道这是给我们打猎充饥用的？”

“他们还会考虑我们的死活？”端木夜雨拿起开山弯刀，仔细端详，“这些武器，要多落后就有多落后，真不知道用这些玩意儿，测试我们什么技能！”

艾丽依然默不作声，非常有条理地整理刀具。

一直站在坑沿旁观的胡安按捺不住，顺着何塞挖好的踏脚坑溜下来。

艾丽整理好武器，示意他们自己选择。

何塞看了看其他人，说："如果你们不介意的话，这把霰弹枪由我保管，我以前用这种枪打过猎，能熟练使用。左轮手枪就给艾丽防身吧。其余的武器，你们看着拿。这些破烂玩意儿，咱们必须全部带上，在这种鸟不拉屎的地方，说不定什么时候用得着。"

"我拿斧子吧！"胡安从地上捡起消防斧，掂量几下，"砍刀就是样子货，遇到暗傀没啥用。"

"暗傀？！"端木夜雨瞪大眼睛，"这里有——暗傀？"

"别听他瞎叨叨！他是个胆小鬼，做梦都能把自己吓哭喽！"何塞把霰弹枪挂在肩上，把左轮手枪递给艾丽，问道，"你会搭帐篷吗？"

艾丽接过枪，轻轻点头。

"天已经黑了，我建议咱们今晚先在坑里宿营。"何塞见艾丽已经搭帐篷，对端木夜雨说，"你过去帮她。我负责生火，烧点儿热水。"

"生火？烧水？"胡安不解地看了看四周，"水在哪儿，柴在哪儿？我们总不能挖井烧麻袋吧？"

"你跪下向天祈求七天七夜，什么都有了！"何塞满脸嫌弃之色。

"那我还不得活活渴死啊？"

"知道坐等会死，还不赶紧想办法！"

"谁去砍柴打水？"胡安低头看了看手中的消防斧，叹口气，“不用说了，我懂。”

他们把麻袋翻过来掉过去地找了好几遍，也没有发现打火机或者火柴。无奈之下，有野外生存经验的何塞决定“钻木取火”。

他从麻袋上扯下一块，撕成絮状，当作引火之物。

胡安拎着水壶、扛着干树枝回来后，何塞取下一截较粗的树枝，在上面用刀剜出一个小坑，再把一根光滑平直的木棍一端削尖，插进小坑内，一口气搓了三四分钟，直到面红耳赤、气喘吁吁，小坑内连烟都没有出现。

端木夜雨、胡安接连尝试，均以失败告终。不知道是他们的方法不对，还是选取的材料不对，反正结果肯定不对。

艾丽拿起扎麻袋的绳子缠在木棍上，让端木夜雨摁住木棍顶端，她迅速拉动绳子。不一会儿，小坑内就冒出黑烟。

她依旧没有停止，直到小坑边堆积出带火星的黑炭。她迅速把黑炭倒在何塞撕出的絮状物上，轻轻地吹。

絮状物起火了。端木夜雨赶紧拿来准备好的枯草、干树叶、细树枝，盖在火种上面，火一下子燃烧起来。

实在找不到烧水的工具，他们便围着篝火堆，席地而坐，喝泉水，吃压缩饼干。

胡安扯开包装袋后，发现饼干如大理石般坚硬，用它敲打额头：“这玩意儿比牙齿还硬，怎么吃？”

端木夜雨看了一眼对面的艾丽，她盯着篝火，慢慢地吸吮饼干，像品尝人间美味。他拿着饼干问胡安：“你们没吃过这种压缩饼干吗？我听说，在黑市上，可以用它兑换枪支弹药。”

何塞也是慢啃细嚼，享受般地点点头：“兄弟们，珍惜吧，有的吃就不错啦！咱们是主动送上门来的小白鼠，不是他们邀请来的贵宾！”

端木夜雨咀嚼几口，感觉比伊普西龙公司生产的原味面包好多了。

“不要小看这些破烂儿。”何塞指着那堆土到掉渣儿的补给品，“在圣安第斯市，它们绝对能卖个好价钱。”

端木夜雨好奇地问：“能卖多少钱？”

何塞见端木夜雨如此认真，指着胡安说：“胡安的叔叔在市场做工，他应该知道时价。胡安，你算算，这堆东西能卖多少钱？”

胡安不屑地说：“钱？就知道钱，能换三顿饭就不错了。”他指着艾丽身边的手枪，“一把枪六颗子弹，旅馆的女老板能加床褥子。”

“这么热的天，加床褥子干吗？”端木夜雨直愣愣地看着胡安。

何塞指着艾丽说：“注意形象啊，别顺嘴开河！”

艾丽静静地吮着饼干，仿佛入定一般，周遭一切与她无关。

“在地狱猎兵里，女的当男的用，男的当骡子用，连尊严都没有，哪儿还有形象？”胡安满脸淫笑，“再者说，她是姐妹会的圣武士，什么世面没见过？我听说，她们的训练项目中，就包括勾引驾驭男人。你看她对男人苦大仇深的模样，没准儿已经阅人无数了呢！”

“别瞎说！”端木夜雨瞥了一眼艾丽，“我们现在是战友，要彼此尊重。”

“战友就是占有嘛，根本不用负责。我们活在这种操蛋的乱世，根本不用想明天自己在哪里，因为你很可能活不到明天。”胡安大大咧咧地说，说得理直气壮。

“啪”，何塞狠狠打了胡安一个耳光。

“你干吗打我？”胡安有点儿蒙圈。

“你不是说不用负责嘛，我想打就打呗！收起你的歪理邪说，瞎叨叨什么啊！”何塞拿出副队长的做派。

胡安嘟囔道：“你还真把自己当干部了啊？大晚上的，闲得蛋疼，还不能唠点儿闲嗑呀？”

何塞站起来，掸掸屁股上的土：“测试开始后，除了蛋，你们浑身都会疼的，包括发梢。大家赶紧回帐篷休息，养精蓄锐，准备迎接魔鬼般的明天。”他环视一周，没有看见花乃子，“队长呢，不监督我们了？”

端木夜雨打量四周，也看不见花乃子的身影。

“死不了的，不管她了。”何塞喝了一口水，指着帐篷对端木夜雨说，“我和胡安用一顶，你和丫头愿意咋睡就咋睡。”

端木夜雨看了一眼艾丽，艾丽径直钻进帐篷，拉紧上面的拉链。

“人家没相中你，有时候帅也不管用，哈哈！”何塞拍拍端木夜雨的肩膀，起身和胡安走向另一顶帐篷。

第八章　听证会

22 点 25 分，霍尔站在彼岸之塔一百六十层的大会议室门前才意识到，自己到研究中心工作将近一年了，还是第一次进入这里。

他抬起左臂，看了一眼腕装电脑屏幕，离会议开始还有五分钟。

他实在不明白，这里的员工为什么一定要佩戴这种既没有美感又碍事儿的微型电脑。它的性能，别说和实验室的台式机相比，就连普通的商用笔记本电脑都赶不上，也就比老人手机强一点儿。

霍尔走进会场，发现一些人已经到了，都坐在圆形会议桌前。他们是独当一面的项目负责人，平时见到霍尔，都是一副君临天下的姿态，现在却无限拉长自己的脸，仿佛全家人死于昨天的空难。

一直以稳重、淡定面孔示人的莫里斯主任，此刻正在翻看文件，烦躁地用铅笔敲打着桌面。

看这阵势，应该是要批斗哪个人。没有话语权的霍尔，自觉地在墙角的小凳子上坐下。那是给底层员工旁听准备的小凳子，与会议桌前大椅子的舒适度明显不同。坐在那里的人，只负责听或者记，根本没有发表意见的机会。

蕾姆走进来，和霍尔交换一下眼神，便坐在他身边。

“霍尔博士，请你坐到这里！”莫里斯指指身边的空座，“你的座位在这里。”

在众人的注视下，霍尔走到莫里斯身边坐下。这时，他才注意到，围桌而坐的人，除了龙骑兵研究中心的三位主要负责人，还有两个商人打扮的老者。那两位老者，一黑一白，西装革履，头发梳得一丝不乱。

坐在莫里斯右边是一个光头军官，穿着镶金边的灰白相间军装。看他的六排胸章，就知道来头不小。

还有两把椅子空着，一张椅子前摆放着“亚瑟·克拉克”

名牌，另把椅子前没有名牌，感觉很多余。

其实，最让霍尔感觉多余的人，是他自己。他忍不住低声问莫里斯："他们都是大人物，为什么要我坐在这里？"

莫里斯指着空位，瞪着他，压低声音说："大人物还没来呢！待会儿你给我老实点儿，他们问你啥你就说啥，别乱发挥！你在这里，连蚂蚁都算不上！"

霍尔认可莫里斯的话，识趣儿地点点头。

22 点 37 分，会议还没有开始。与会者依旧耐心地等待。霍尔判断，能让这些人安心等待的人，肯定是大人物。

22 点 40 分，会议室的门被推开，一个身穿黑西服、戴墨镜的彪形大汉站到门内，双手放在背后，目不斜视，冷如铁块。

紧接着，化着浓妆、穿着红色长裙的金发女郎径直走到"亚瑟 · 克拉克"名牌后撩裙坐下。

霍尔偷偷地瞥了一眼，发现她蓝色的瞳孔上，居然都有一个"3"字。怎么回事儿？难道她戴着特制的隐形眼镜？

莫里斯以为霍尔被她精致的面容吸引，暗暗掐了他屁股一把，低声说："失态了！她是伊普西龙公司执行总监亚瑟，我们的主要合作对象之一。"

霍尔赶紧收回视线。现在他明白了，她戴的确实是特制的隐形眼镜，那个图形不是数字"3"，而是希腊字母"ε"，伊普西龙公司的代号。

"各位，请再等一两分钟。"亚瑟微微一笑，优美的唇角勾勒出一道几乎完美的曲线，“我们必须确保安保工作万无一失。”

“在龙骑兵研究中心、彼岸之塔一百六十层还用强调安保？这是什么重量级人物要来？”霍尔的视线偷偷掠过与会者严肃的脸，找不到任何答案。

门外传来金属叩击地砖的声音，所有人的目光都投向门口。有两个人已经毕恭毕敬地站起来。

两个抱着SCAR突击步枪的中型军用机器人推门而入，用具有透视功能的眼睛把会场扫视一遍，确认没有危险之后，站在门口。

这两个类似双胞胎的机器人，体形纤细，肢体精致，非常像精挑细选出来的勤务兵。不过，它们身上雕刻的金边鸢尾花纹，已经说明它们不是给普通人服务的普通机器人。

霍尔对机器人不感兴趣，无论它们有几条腿、几条胳膊，或者像不像人，能不能思考、说话。现在，他不得不承认，他确实被盛装打扮到奢华程度的机器人深深吸引了。

随后，一个类似“镰仓系列克隆人”的女子走进来。她扎着干净的马尾辫，鬓角发白，穿着紧身黑皮衣，胸前别着金色鸢尾花胸针。她没有佩带武器，至少肉眼可见之处没有武器。她迎着众人诧异的目光，慢慢环视会场一周，又退到门外。

“又一个镰仓？”霍尔小声嘀咕，“谁这么有钱，雇佣千女团的人做保镖？”

“她——她不是‘一个镰仓’。”意识到大人物即将出场，莫里斯也紧张了，不过她更担心没见过世面的霍尔坏了规矩，悄声告诉他，“白色鬓角，是镰仓六六六。上帝，他怎么来了呢？”

“镰仓六六六？还是镰仓嘛，有什么不同吗？”霍尔想起联合国重建委员会武装部队解救千女团的事儿，当时成为妇孺皆知的热点新闻，但让一向淡定的莫里斯质问上帝的人物，接下来可能又要制造一个热点新闻。

一个褐发棕眼的英俊小伙子大步流星地走进门口，会场内所有人全部起立，热烈鼓掌，甚至有人激动得眼含热泪。只有亚瑟比较轻松，冲小伙子露出职业性微笑。

直觉告诉霍尔，这个小伙子应该和他一样，是被改良过基因的“非法完人”。

略带东方人特点的精致五官，充满波希米亚风情的微卷短发，娇嫩如乳的肌肤，高挑匀称的身材，几乎集世界各民族人的优点于一身，完美到让所有人无法无视。

尤其那种摄人魂魄的气场，让他眼前的人不由自主地放弃曾经强大的自信，像无名的野草一样伏在他的脚下。他就像一匹桀骜不驯的骏马，对脚下卑微的野草毫不在意，因为他的眼中只有远方。

他径直走向没有名牌的座位，步伐优雅而坚定。镰仓六六六面无表情地紧随其后，冷峻的余光扫视着每个人，让人感到脊背阵阵发凉。

小伙子坐下后，双手连连下压："各位请坐，不必多礼。"他随意地松了松领带，"对于我这个有名无权的王储，大家过于讲究繁缛礼节，这会让议院里那些大佬们不开心的。"

"王——王储？"霍尔差点儿喊出声来，瞪大眼睛，直勾勾地盯着小伙子。

以这种眼神盯着王储看，是大不敬之罪。莫里斯黝黑的脸上顿时有些发白。

"你就是霍尔博士吧？我对你早有耳闻。"王储似乎早就注意到手足无措的霍尔。他非常有风度地冲着霍尔微笑，"我是莱昂纳尔·费利克斯，受假面女王错爱，现在是余烬城的王子，假面女王的继承人。"

"殿下！"莫里斯激动得要哭，"没——想到您能到这里指挥，不，不——指导工作，我——我们太幸运了！"

"是的，我们走运了！"霍尔也是语无伦次，"费利克斯陛下！"

激动的莫里斯，还不忘狠狠地踩霍尔一脚，低声纠正："殿下，不是陛下！"

当众出丑，让霍尔恨不得找个地缝钻进去。他脸色红红的，低着头，等待莱昂纳尔发怒、责罚。

没想到莱昂纳尔对此毫不介意，挥手示意各位坐下："各位，客套话都免了吧，请坐！"待众人坐下后，他从西服内袋中抽出一支雪茄，身后的镰仓六六六非常熟练地掏出打火机把烟点燃。

霍尔看着莱昂纳尔优雅地吐出几个烟圈，又看看墙壁上醒目的“禁止吸烟”警示牌，愧疚之情稍稍释然。

“我在伊普西龙公司视察时，得知你们这里出事了，就和亚瑟小姐过来看看。”莱昂纳尔优哉游哉地吸着烟，“我这个人很闲，但也不能随意浪费各位的宝贵时间，请各位直入主题，有一说一吧。”

不知为什么，悬挂在圆形会场中央的全息投影仪半分钟才完成启动，还发出刺耳的蜂鸣声。虽说这不是特别罕见的故障，但这个小插曲，让本来就非常紧张的霍尔手心都渗出汗。

“今——今天，嗯，嗯！”莫里斯清清嗓子，“今天的会议主要内容，是报告并研讨三项议题。这三项议题全部是由发生在今天早上，暂称为‘手魔入侵事件’引起的。这个事件的起因，源于城邦历第 40 年 3 月 25 日发生在余烬城郊区的一起袭击事件，以下是龙骑兵武装巡逻队蕾姆中尉的现场报告。”

投影仪将袭击现场的一系列照片投放在圆形会议桌中央的环形屏幕上。与此同时，每个与会者面前的液晶屏上，都显现出对应的时间、地点的文字说明。

“蕾姆中尉？”莱昂纳尔扫了一眼面前的屏幕，“在哪里？”

那个秃头军官指着坐在会议室角落里的蕾姆说：“她在那里。她是龙骑兵第十三独立武装巡逻队的队长。”

蕾姆站起来，冲莱昂纳尔敬了一个标准的军礼。

莱昂纳尔冲她点点头，示意她坐下，又让莫里斯继续讲述。

莫里斯说：“在这次袭击中，一个恐怖分子被击毙，其尸体经法医检验，发现特殊情况后，就直接送到龙骑兵研究中心生物实验室。我们暂时把这个恐怖分子命名‘目标A’。”

“目标A——”莱昂纳尔看着全息照片，“看样子她应该是孕妇啊。”

“我们调阅过尸检报告，目标A体内确实有胎儿存活迹象，但经生物实验室精细扫描与解剖后，并没有发现胎儿。”莫里斯指着霍尔，“所有检验工作，全部由这位霍尔博士负责的，下面让他介绍一下检验过程吧。”

“目标A的尸体运到生物实验室时，正是午休时间，助手都在休息，我没有在第一时间进行解剖。”霍尔立即说道，“不过，我还是假设胎儿仍然存活，给予尸体进行维生处理。”他顿了顿，“应该在这段时间，代号‘手魔’，也就是伪装成胎儿的‘目标B’从死者体内钻出，趁实验室无人，窃取了数据库中的重要资料。”

环形屏幕上显示出蜘蛛形状的目标B，吸引了会场中所有人的目光。

“手魔！”莱昂纳尔又吸了一口烟，“为什么叫这么奇怪的名字？它是怎么窃取资料的？”

霍尔点击面前的屏幕，手魔的影像随之在环形屏幕上全方位展示：“它的身体最长处，为二十五点五厘米，最宽处为十九点六厘米，全身呈不规则四边形，五条触手都在身体一侧，其形状与人手十分相似，因此把它称为‘手魔’。”

手魔的形状确实像人手，只不过拇指与小指区别不大。

“在触角的另一侧，有一只具有视觉功能的独眼。”霍尔指着与触手相对的部位，“因此我们判断，它的行走方式应该是这样的。”

经过动漫处理过的手魔，以非常怪异的方式站起来，五个触手交替运动，做出前进或后退或攀爬的动作。

莱昂纳尔随手往地下弹弹烟灰：“这是你们做的动漫吧？你们没有拍到它的活动影像？”

“真抱歉，殿下。”莫里斯尴尬地说道，“实验室内部没有安装监控摄像头。因为——因为我们认为外围的安保措施已经足够严密了。”

“而且，我们发现手魔时，它已经失去活性，体内只有微弱的生物电反应。”霍尔补充道，“它的体内没有进食器官和消化系统，依靠它身体中央像肚脐眼儿的小孔汲取能量。”他把那个部位放大后，清晰地显现出来。

莱昂纳尔盯着手魔那个部位，皱眉思索：“肚脐眼儿？很形象嘛！它是不是通过脐带从目标 A 体内获取营养？”

“暂时还没有证据证明。不过，通过这个器官获取维持生命的能量，也是我个人的猜测。”霍尔说，“从严格意义上讲，它不是生物，而是一次性工具，相当于微型无人机。目标 A 只是它的运载工具，因此——”

“有一说一，大胆推理！”莱昂纳尔鼓励道。

霍尔想了想说：“目标 A 遭到袭击或身亡，可能是他们计划中的一部分，或者是第一阶段；第二阶段是在验尸官发现胎儿后，一定会送到龙骑兵研究中心。”

“第三阶段，就是手魔出来窃取资料。”莱昂纳尔扫视会场一周，“这样周密的行动计划，恐怕只有非常熟悉龙骑兵运行程序的人，才能制订出来吧？”

“按理说，应该是这样的。”霍尔小心地看了看莫里斯，“应该排除研究中心有他们的内应，否则他们不会用这种办法窃取资料。”

“刚才你还说只有熟悉龙骑兵运行程序的人才能制订这个计划，你不能这样武断地得出这样的结论！”莫里斯纠正道。

“一切都是推测而已！结果到底如何，待龙骑兵破案后再说。”秃头军官指着环形屏幕，“你们是科学家，应该做科学家应该做的工作。你们解释一下，这个手魔到底是什么东西？是怎么孕育出来的？”

“它不是孕育的。”霍尔纠正说，“是制造出来的。”

“是不是某种修改基因的动物？”一直没说话的亚瑟看了一眼对面的黑人老者，“就像罗塞塔公司的改良动物一样。”

黑人老者一直盯着面前的屏幕思考，听亚瑟提到自己公司的产品，于是说道：“修改基因的前提，必须有基因的载体，也就是动物或植物。以我公司目前的技术水平，还无法凭空制造出这种——这种——”他指着环形屏幕上的手魔，提高音量，“这种连消化系统都没有的怪物。”

看来，他不想让自己的公司与这起窃密案扯上关系。

“从目前的检测结果来看，手魔确实不是某种被修改过基因的动物。”霍尔点击几下面前的屏幕，环形屏幕上出现了几幅 DNA 双螺旋动态图。“它的体内不止一种基因，躯干是一种基因，触手是一种基因，视觉和运动神经是一种基因。除了触手的基因与人类基因相似外，其他基因都找不到与之完全匹配的类型，最接近的就是约克夏猪。”

“约克夏猪，是我公司经常用来培育人体器官的基盘。”黑人老者马上接话，“它和人类的相性比较好，且繁育迅速，只不过——说真的，把五根人类手指嫁接到一片猪肉上，再安上一颗猪眼睛，就算我公司技术最强大的科研组，也只能造出一块不能运动的猪肉而已。”他扫视会场一周，“在座各位应该知道，罗塞塔公司的器官移植和嫁接技术，已经是世界顶级的。”

“将完全不相关的生物体拼接在一起，并用统一的神经系统协调其运动，据我所知，目前世界上还没有哪个组织或个人能完成这种生物工程。”霍尔意味深长地看着亚瑟，“根据索契斯的理论，虽然通过一种技术手段可以完成，但这也仅仅是理论上的可能。他的论文没有发表，底稿不在龙骑兵研究中心，而是在——”

亚瑟恍然大悟似的点点头：“亚历山大·索契斯博士？对，他的项目组在伊普西龙公司，那时候研究中心还没有纳入龙骑兵编制。”

“接着说下去。”莱昂纳尔对这个话题非常感兴趣。

亚瑟接着说：“那个项目的代号叫作‘239 触酶’。如果你们需要的话，我可以立即让人把索契斯的论文底稿传过来。但我必须更正的是，在索契斯自杀之后，那个项目就终止了，因为剩下的实验材料，也就是‘239 触酶’，并不能验证索契斯的理论，甚至可以说是完全失败的。”

“我们可以先不讨论技术问题吗？这个议题可以等会议结束后再慢慢深究。”烧脑的技术问题，让莱昂纳尔有点儿不耐烦，“霍尔博士，你的第一个议题结束了吗？”

“还有最后一步。”霍尔连续点击屏幕，环形屏幕上出现了错落的网状神经结构图，“手魔虽然由统一的运动神经系统控制，但它并没有一个功能完整的大脑，而是这个东西——”他把一颗黑色小“纽扣”举过头顶，同时环形屏幕上也出现这个小“纽扣”全息图像。

“这是一个神经控制单元，类似残疾人身上安装的控制人造神经的肢体控制仪。它们的不同点在于——”霍尔用光标指了一下小“纽扣”的尖端，像打开某种开关，一根长针状的东西伸出来，“这是一个微型接收器，位于手魔躯干中央。虽然目前我们还不能确定它接收的是何种信号，但可以认定，它接收的信号能控制手魔的一切行动。”

莱昂纳尔说：“也就是说，这个手魔是可以遥控的。”

“是的，殿下。它相当于一部微型的生物无人机，使用者通过它唯一的眼睛，也就是微型超高清摄像头获得信息，指挥它完成任务。”

“看来，你们被一颗猪眼睛打败了。”莱昂纳尔笑道，“科学家就是了不起啊，用生物科技击败以生物科技自傲的余烬城。这就是中国古语所说的‘以其人之道还治其人之身’吧。”

“这么小的接收终端，信号源应该离它比较近才行吧？”亚瑟质疑道，“也许操控者离研究中心不远，说不定就在这栋楼里。”

“也许是，也许不是。”秃头军官说，“信号传输的范围，取决于信号源的发射功率，而不是接收器的大小。如果不能确定它使用哪种波段，就更难判断具体距离了。”

“退一万步说，就算作案者当时在余烬城，甚至在彼岸之塔，现在也应该逃之夭夭了吧？”霍尔无奈地说道，“我们没有这个作案者的任何线索，从余烬城五百万人口中找到他，难度不亚于海底捞针。”

“殿下，我向您保证！”光头军官主动说道，“我们已经在全市范围内展开排查，尽快把案犯缉拿归案！”

“我听到的保证太多了，连作案者是男是女是老是少都不知道，你拿什么保证？”莱昂纳尔又掏出一支雪茄，用它点指桌面，“你们到底丢了什么东西？商业情报、试验数据，还是龙骑兵的研发计划？”

霍尔与莫里斯交换一下眼神，从公文包里拿出一个银白色小盒子，非常小心地放在桌上：“这是第二个议题。”他紧紧地盯着小盒子，生怕它突然消失一般，“它的代号是‘打孔者’，专用名为‘融髓蠕虫’。”

环形屏幕上出现的并不是某种虫类，而是一根类似两头封死的透明试管，里面装满了橙红色液体。

霍尔把图像放大数倍后，试管里的物体清晰可见，是一堆麻团似的细小触手，簇拥在一枚梭形瓜子状物体上。

看到图像的瞬间，罗塞塔公司、伊普西龙公司和伊阿索公司的三名代表全都瞪大眼睛，惊讶地张大嘴巴。

“这是龙骑兵研究中心目前的核心项目，它整合了余烬城三家科技龙头企业——”霍尔环视会场，“也就是罗塞塔公司、伊普西龙公司与伊阿索公司的前沿技术。如果说它是世界目前最先进的研究成果，也不为过。”

与其说这是霍尔的自信与自豪，不如说他如信徒描述神灵时的虔诚。

三家公司的代表除惊讶之外，更多的是忧心忡忡。

“请你直接说重点，博士！”莱昂纳尔像看到重播多遍的注水电视剧一样，“自吹自擂骗取经费的把戏太多了。”

莫里斯赶紧接替尴尬的霍尔，说道：“这个项目最初由我负责的，还是由我介绍吧。”她操作几下面前的电脑，指着环形屏幕说，“‘打孔者’是由贵志脑线虫改良的超级寄生虫，项目编号 NH4390。它不具备传染性，也没有独立繁殖能力，必须通过专用设备，注射到人体血液循环系统。”

随后，环形屏幕上出现了非常逼真的动漫演示图。针管插入半透明的人体，红色液体连同里面的“线团”进入血管。

“这是人造产卵器。”莫里斯指着在血管中游动的“线团”说，“是为了保护‘打孔者’的虫卵专门设计的。没有量产之前，每颗虫卵的造价是一千六百万灰币，所以必须确保其成功孵化。当然，一千六百万灰币，是全部研究费用。”

“足够买两辆美国最先进的主战坦克了。”这么高昂的研究经费，让莱昂纳尔也皱起眉头，“千万别告诉我，花的都是余烬城纳税人的钱。”

“这是生意，殿下。”莫里斯指着亚瑟说，“我们首先要感谢三家企业的大力支持，当然，他们也会得到他们想要的回报。如果成功投产上市，‘打孔者’将会改变世界，会成为智能手机、民用机器人和纳米构造体之后最赚钱的产品。”

莱昂纳尔看了看亚瑟。亚瑟有些不太情愿地点头回应。

“赚钱的事儿，我感兴趣。你继续讲下去。”莱昂纳尔把雪茄叼在嘴里，身后的镰仓六六六立即为其点燃。

环形屏幕上的图形不断地变换角度。

线团般的触手一直保护着中央的梭子，在血管中游到心脏，转而冲向大脑。在接近脑干时，触手逐渐溶解，将梭子推进大脑。在这个过程中，梭子像被剥开的瓜子一样打开，里面的椭圆形虫卵旋即黏在脑膜上。

“这项产卵器通过血脑屏障技术，科研经费就高得令人咂舌。”莫里斯没有说具体数字，话锋一转，“不过在大脑送药领域，通常采用微泡技术，市面上已有许多廉价的替代产品。这项向大脑投送产卵器的技术，目前只能用在‘打孔者’身上。”

“科技嘛，就是大把烧钱的活儿。”莱昂纳尔说，“毕竟蓄意往人脑里输送寄生虫这种事儿，一般人想都不敢想。”

“殿下，这不是普通的寄生虫，是划时代的高科技产品。”

莫里斯在面前的屏幕上操作一阵后，环形屏幕上的虫卵逐渐发育成一条扁平的、面貌可憎的蠕虫，伏在大脑前端的一道脑回上。触手也逐渐变大变长，一部分扎进大脑里，一部分延伸至小脑。

“‘打孔者’会寄生并融入特定的神经系统中，从而提高使用者、也就是宿主的多种能力，比如优化运动协调能力，让普通人都能达到健将级运动员水平；强化心理素质，受到任何打击都能处乱不惊、不为所动；增强痛感抑制能力，当身体遭到伤害后，抑制痛感并彻底排除诸如休克、昏厥等反应。其最强大的功能，被我们称为‘燃烧的肾上腺素’，其功能与‘镰仓系列斗战用速成克隆体’的‘血怒’相似。”莫里斯说到这里，瞥了一眼莱昂纳尔身后的镰仓六六六。

镰仓六六六的眼里似乎只有莱昂纳尔，任何人、任何事儿都与她无关。

莫里斯接着说道：“宿主面临生死危机或者受到严重创伤时，‘打孔者’会迫使宿主身体分泌大量肾上腺素，提高宿主的兴奋度和抗争欲。这些，只是‘打孔者’目前的功能。这个‘融髓蠕虫’之所以以‘打孔者’为代号，事实上它在人体内开了一个可强化的‘孔’，将来我们可以根据需要，添加更多的功能。”

与会者都被莫里斯精彩的描述吸引，期待她继续说下去。

“我们设想，它会相当于一台植入人体内的‘生物计算机’，不用经过任何手术，便能将人体改造成精密的仪器。宿主会知道自己的健康状况、缺乏何种营养、需要哪种锻炼。经过它的处理或调整，宿主的反应会更敏锐、思维更清晰、新陈代谢会长时间保持高水平，无限延长寿命。”

“这不就是人类苦苦寻找的长生不老药嘛！”与会者听到

这里，纷纷窃窃私语。

莱昂纳尔联想到生物实验室丢失的资料：“那个手魔窃走的资料就是——”

“就是‘打孔者’的源代码和重要参数。它显然有备而来，知道它在哪里，怎么拿到。”莫里斯看了霍尔一眼，“这就是我们怀疑有内应的原因。”

“存贮这么重要的资料，难道实验室没有采取特殊防御措施吗？密码总该有吧？”莱昂纳尔质问道。

“这——”莫里斯支吾着，她不知道把“手魔拥有索契斯指纹并且掌握密码”一事，当众告诉莱昂纳尔是否合适。她瞥了一眼知情的光头军官，他连连眨眼，暗示她不能说。

“殿下，这确实是我们的疏忽。”莫里斯低头说，“我们已经紧急升级安保系统，加强防盗措施了。”

“遗失的情报很重要吧？”莱昂纳尔沉着脸问。

“百分之八十的研发成果。”莫里斯低声说，“仅凭这些，盗贼还无法制造出‘打孔者’，因为只有我们拥有这种独特的设备与技术。”

“别太乐观了！”莱昂纳尔神色凝重地提醒道，“你们的对手，拥有制造手魔的能力。”

“糖皂与糖块看起来很像，味道也差不多，但它们的生产工艺完全不同。如果没有‘打孔者’专用培养槽，短期内绝对不可能仿制的。况且——”莫里斯顿了顿，“这个世界唯一的‘打孔者’，还是各种功能都不健全的样品。”

“离量产还有多久？”莱昂纳尔追问。

“还有很多技术难题需要攻克，即便顺利，三五年内都很难量产。一架战斗机，从制造第一架样机到列装部队，最起码得十年吧，更何况如此高精密的生物仪器。”说到这里，莫里斯停下来。

莱昂纳尔盯着她的眼睛问：“不会是为你的失职找借口吧？”

莫里斯说：“殿下，刚才您也看到了我们的推演，‘打孔者’的寄生地点是人脑，如果不能确保百分之百安全，它的价值就是零。”

“照你这么说，你们还没有进行活体实验？”莱昂纳尔问。

“从严格意义讲，我们已经开始实验了。我们在三个死囚、一个重症志愿者、一个植物人体内进行实验。”霍尔说，“在实验过程中，我们不断修正‘打孔者’的参数，才取得了现有的成果。”

“说吧，还需要什么？资金、人才还是技术？只要你们能说出来，在我权限之内，绝对鼎力支持。我的要求只有一个，尽快量产。”莱昂纳尔简洁有力地说道。

霍尔不假思索地说道：“时间。我们需要时间。”

“时间？”莫里斯摇摇头，“树上百分之八十的桃子都被人摘走了，我最缺的恐怕就是时间了。”

霍尔说：“接受活体实验的五个人，有四个人不幸去世了，这说明‘打孔者’还存在致命的缺欠。即便我们对‘打孔者’进行完善，短时间内也未必保证人体能适应。如果没有百分之百的把握，绝对不能把它移植到人体中。我们必须先在动物身上实验，确保宿主无虞的情况下才能在人体内实验。”

“完成这些实验需要多长时间？”莱昂纳尔盯着霍尔问。

“大概需要十至十二个月。”霍尔硬着头皮回答。

“这是一切如我们设想，估算出来的时间。但是，如您所说，现在树上百分之八十的桃子都被人摘走了，已经不允许我们按部就班地工作了。如果这些桃子落在欧美国家，一年之内，他们绝对能做出‘打孔者’的仿制品。如果落在我们的对手手里，他们也许只需要六个月。”莫里斯沮丧地说。

“那将是一场无法形容的巨大灾难！”亚瑟似乎忘记了身边的莱昂纳尔，狠拍一下桌子，“那样的话，不但让十几亿美元的研发经费打了水漂，还将损失上千亿的市场！”

商人眼里只有利益。作为科学家，霍尔担心的是“打孔者”的源代码和参数落到商业间谍之手并不可怕，可怕的是，落到仇视人类、仇视和平的恐怖分子之手。

“事已至此，抱怨、牢骚一文不值。”莱昂纳尔狠狠地吸了一口雪茄，把烟蒂直接扔到脚下，用皮鞋跟狠狠地拧了一下，抬起头扫视会场一周，“各位，直接说办法吧！”

“这就是我们今天讨论的最后一个议题。”莫里斯撤去会议桌的电脑，关闭投影仪，“先说研究中心的最佳方案吧。经研究决定，我们建议立即授权扩大实验规模，将实验材料的选取范围，从D级扩大到C级，把志愿者范围扩大到B级甚至全员。”

“在进行动物活体实验的同时，也进行人类活体实验。进行皮试针剂测试的同时，也进行成品的实地测试。”霍尔补充道，“先从D级实验材料开始，并提前筛选好对‘打孔者’需求最大的A级人员。一旦皮试针剂完成，就在他们身上测试成品。”

“双管齐下，会把测试时间缩到最短。”莫里斯边说边察言观色，尽量保持语气平和，“通过计算机模拟，我们可能要做数千次测试。”

如果说霍尔的提议是炸弹，那么，莫里斯的补充就是点燃炸弹的引信，整个会场顿时就炸窝了，纷纷抗议他们的做法。

“要进行大规模人体活体实验？只有20世纪30年代的日军在中国做过类似的事情吧？”亚瑟连连摆手，“我抗议，无论出于什么目的，也绝对不能进行数千人规模的活体实验，这严重违背医学伦理！”

“为什么我们不能做，恐怖分子却能做？”莱昂纳尔突然大声质问，“是的，我们有一万个理由不能这样做，但是，一旦恐怖分子这样做，并使其成为毁灭人类的武器，那时候，我们跟他们谈什么呢？法律、舆论、道德还是良知？”

他们的提议会遭到众人的反对，在莫里斯的意料之中；莱昂纳尔强硬的态度，却在她的意料之外。她缓声说道：“今年年初，联合国教科文组织通过了关于规范生物科技发展的法案，从医学伦理上讲，我们做的人体活体实验，都是非法的，所以我们必须谨慎行事。”

“各位！”莱昂纳尔猛然起身，“你们扪心自问，你们为什么从世界各地千辛万苦地来到余烬城？”

所有人面面相觑。

莱昂纳尔压低声音说：“以你们的才能和学识，在世界任何国家的任何生物实验室，都能获得大笔科研经费和国家政策支持，但你们为什么要栖身在余烬城这样势单力薄的小城邦呢？同理，伊普西龙、伊阿索和罗塞塔，三家世界顶级的生物工程公司，为什么要把总部设在此地？”

看到莱昂纳尔锐利的目光盯着自己，亚瑟站起来说：“因为自由。”

“没错，就是自由，自由是无价的！”莱昂纳尔用力点点头，“我们的先辈创建这座城邦时，就想把这里建成一个实现真正学术自由的乐土，一座不受任何宗教、法理、政治与道德束缚，可以探究一切可能性、打破一切禁忌桎梏的科学圣殿。也正因为如此，我们才能在充满暴虐、辐射、污染、变异与无序的蛮荒之地中站稳脚跟，让五百万人在这里有尊严地活着；正是因为这种自由，我们才能在竞争愈发惨烈的今天，一直处在生物科技领域的巅峰，在列强博弈的夹缝中苟延残喘。科研自由，是我们生存的命脉，是我们立世之本。”他端起水杯，喝了一大口水，“作为世界的一员，余烬城当然不能违逆联合国重建委员会的决议，但如果你们因为他们的条条框框而止步不前，同样是迂腐。我们进行的一切研究与实验，都是为了后代能拥有更美好的生活。如果坚信这一点，你们就不应该有所畏惧！”

“恕我冒昧，殿下。”莫里斯微微欠身，“您说的这些，我都认同，但我们研究中心毕竟只是余烬城政府的下属单位，如果没有得到女王——更准确地说，是议会的许可，让我们和企业开展大规模人体活体实验是不可能的事儿。”

莱昂纳尔明白自己的身份，也知道莫里斯话里的意思：“没错，在官场里，我只是被人供养的佛像，就活动能力来说，可能还不如这里的小职员。”他突然提高声音，“这件事拿到议会公开讨论，你们认为最终会是什么结果？”

“口头上的君子们，他们会用携带正义的唾沫淹死干实事儿的人，历来都是如此。他们在乎的是自己嘴上的正确，却从不在意别人的生存。”亚瑟摇摇头，“他们要是知道我们保留‘D级实验材料’，就会立刻把联合国重建委员会的人招来，把我们抄家灭门。”

“所以，你们需要的并不是那些‘口头君子’的授权，而是做好以后不会遭到惩罚性的保护。”莱昂纳尔意味深长地说，“我虽然只是受人供养的佛像，但我会尽自己所能保护你们。现在，我以莱昂纳尔王子个人的名义保证，莫里斯主任，他们的想法绝对与你我一致，需要的只是一份小小的文件，不能公开的那种。”

“谢谢殿下的理解和支持。”莫里斯长出一口气，脸上却没有一丝欣喜。她隐隐有种预感，莱昂纳尔说的这些话，将会改变无数人的命运。

第九章　娜　娜

夜静无声，偶有莺鸟乍起。

篝火变成炭火。端木夜雨起身小解后，又往火堆上加了一些柴，防止火熄灭。他看了一眼腕上的电子表，现在已是凌晨三点半。按照值守编排，应该是艾丽当班。

他四下张望，周围漆黑如染，能见度极低。他拎着弯刀转了几圈，却没有发现艾丽的影子。

他走到艾丽的帐篷前，低声喊她，没有回应，也听不见里面有呼吸声，便大声呼唤。

结果艾丽没有出现，胡安拎着消防斧、何塞拿着匕首，慌张地跑到端木夜雨面前，齐声问道："怎么了？！艾丽怎么了？！"

端木夜雨说："她好像不见了。"

胡安一把扯开帐篷，里面果然空空如也。

"坑里就这么大，她还能跑到哪里去？我们分头去找。"何塞说。

"我觉得——"端木夜雨向左右看了看，"我们没有必要找她了。"

"好像有脚步声！"胡安紧张地向四周看，"我们周围有人！"

远处果然有一团黑影，向他们靠过来。何塞收起匕首，从裤脚处拽出土枪，对准黑影，喝问："什么人？"

端木夜雨问道："是艾丽吗？"

周围突然响起急促且清晰的脚步声。他们立即背靠背站立，各自警惕地盯着前方。

"谁？！到底是谁？！"何塞喝道，"再不说话，我就开枪了！"

他的话音未落，两个身披大斗篷、戴着兜帽、防毒面具与夜视仪的士兵，像幽灵一样出现在他们身边，把 SCAR 突击步枪对准他们的脑袋。

“地狱猎兵?！”胡安放下消防斧，嬉笑摆手，“别闹，别闹，一伙的，一伙的！”

这时，端木夜雨已经看清，这两个人的斗篷虽然样式相同，但图案还是略有区别。一个是深绿色丛林迷彩，一个是龙骑兵制式数字迷彩。单凭斗篷并不能确认他们的身份，但加上特制的兜帽与防毒面具，他们是地狱猎兵无疑。

“我们刚加入地狱猎兵，在这里接受测试。”端木夜雨盯着恐怖的面具，强作镇定，“各位前辈好！”

“呵呵！”远处传来花乃子邪恶的笑声。她押着五花大绑的艾丽，走到三人面前。她依然穿着镶边黑旗袍，但头上多出一副桥形夜视仪。

“如果凭服装就能分出敌我善恶，世上该消弭多少恩怨仇恨啊！”花乃子用力往前一推，艾丽踉跄几步，险些摔倒。

狼狈的艾丽，脸色苍白，愤怒地回头看了一眼傲娇的花乃子，摆出要杀要剐随你便的架势。

花乃子无视艾丽的愤怒，把夜视仪推到头顶，扫视四人一遍，轻声问：“谁知道地狱猎兵目前共有多少个小队?”

四个人互视一眼，纷纷摇头。最后胡安说：“这是地狱猎兵的机密，我们怎么可能知道?”

“你们不知道没关系，我告诉你们。地狱猎兵共有四十七个小队，每队四到十人不等，但通常是六人。”花乃子做出“六”的手势，“各小队大部分时间在余烬城周边执行巡逻和侦查任务，有时充当龙骑兵的马前卒，有时为龙骑兵擦屁股，但无论他们执行什么任务，在出发前，都会拿到一张注有代码的表格。”她说完，朝围困四个人的地狱猎兵打了一个响指。

一个地狱猎兵一只手持枪，依然对准四个人，一只手从腰间摸出一张纸，用力抖开，送到他们面前。

确实是一张表格，表格里填满毫无规律、或长或短的数字，其中一栏一个英文字母都没有，看样子应该是密码。

“表上详细标注着每个小队的执行任务、活动区域和行动方向。表上的内容，每个月都会更新，具体内容只有小队队长和最高统帅部掌握。”花乃子解释道，“也就是说，一个穿地狱猎兵制服的人，他可能是你们的前辈，也可能是杀死你们前辈的敌人。”

端木夜雨明白了，在这里，以衣断人是非常危险的。蛮荒之地的那些亡命之徒，有时连美军甚至联合国重建委员会的武装勘察队都敢打，有时还会把死人的衣服当作某种“勋章”，穿在身上耀武扬威。

“当然，你们现在肯定还看不出来。在地狱猎兵中，每个稍有名气的小队都有自己的特征，跟他们打交道多了，自然就能认出来。”

胡安朝身后用枪逼着他的士兵努努嘴：“他们也没什么特殊的地方啊，和圣安第斯市的地狱猎兵没啥区别嘛。”

“我们很普通吗？”花乃子围着四个人转了一周，锐利的目光扫过每个人的脸，最后站在端木夜雨面前，仰天狂笑，犹如狼嚎。

瘆人的笑声在夜空中回荡，让端木夜雨感到毛骨悚然。

两个地狱猎兵不为所动，依旧持枪对着他们。

花乃子突然收住笑声，露出阴鸷般的眼神："我们是无头金丝雀小队，在地狱猎兵所有现役小队中，总贡献点数排名第二，并且全员拥有食人魔纹章。当然，你们现在还不知道这些都代表什么。”说到这里，她脸上呈现出来的并不是骄傲而是焦虑，虽然这种表情一闪而逝。

她低头默念道："在黑暗无边的地狱中，留下永远燃烧的血路，让活着或死去的罪人，找到回家和安息的归途。”她突然抬起头，愤然喝道，“我们即是火炬！”

端木夜雨、何塞和胡安面面相觑。

“你们不理解，很正常，还是说说你们的错误吧。”花乃子严肃地说，“第一，你们不应该在空旷且无法隐蔽的地方扎营，并且点火。这样做，你们会成为活靶子，且无路可逃；第二，在任何时候，必须设置一明一暗两个岗哨，一人站岗三人睡觉的结果只有一个，那就是你们死得更快；第三，除天气过于恶劣外，在野外绝对不能使用帐篷，因为它会让你们感觉舒适。舒适的人，反应速度是最慢的。”

“没有经过专业训练，我们不可能知道这些。”何塞无奈地摇摇头，“我们现在知道了，以后也会记住的。”

“搞清楚，这不是训练，是测试！”花乃子鄙夷地看着何塞，走向拿着表格的地狱猎兵，“洛羽，你说，该怎么办？”

“老规矩！”从面具后面传出干脆的男低音，“四选一。”

“蠢猪们，把你们身上所有的物品，立即按照食物、药物、工具和武器分类，每类堆到一起。分不清工具还是武器的，放在一起。”花乃子说完，举起手在头顶转了两圈，三个士兵从暗处跑到篝火堆前，冲她敬礼之后，走进帐篷，把里面的东西都拿出来。

端木夜雨等人，把所有物品分成四类十六堆。一把刀或者一支枪成一堆，看起来很搞笑。

“蠢猪们，因为你们犯下蠢猪才能犯下的错误，遭到不明武装偷袭，丢失全部补给。但是，我还想给你们一个机会。”花乃子走到端木夜雨面前，托起他的下巴，“愿意继续参加测试的，五分钟后，在四类物品中选出一种带走，完成下面的测试。”

“只能带走一种？”胡安急了，“头儿，你让我们到这里取东西，然后你在这里伏击我们，请问，世界上有我们这样听话的敌人吗？”

何塞也附和道：“我们不来这里，完不成任务；来到这里，就遭到你们暗算。想淘汰我们，很简单嘛，一句话的事儿，干吗如此大费周章？！一点儿都不好玩儿！”

艾丽暗暗碰了两个人一下，低声说：“别喊了，这也是测试的一部分。”

花乃子鄙夷地吼道：“愿意讲道理，就去跟阎王讲，否则就闭嘴，干活儿！”

“如果只能选一样，我们就选食物或水壶吧。这是活下去的基本保证。”端木夜雨低声建议。

“总得带把枪吧？”何塞指着艾丽面前的左轮手枪，“防身也是必要的。”

“明智！”花乃子赞许地点点头，“这年头儿，枪就是生命，子弹等同货币。你混过帮派，这对于你来说，是送分项目。”她略做思考，指着地上的霰弹枪，“赠送给你。”

何塞笑呵呵地拿起霰弹枪。

听花乃子这么说，端木夜雨想了想：“带把刀吧，在森林里，它的用途很大的。”

“剩下的人都带食物吧，不饿肚子就好，其他都是扯淡！”胡安不耐烦了。

“药品带不带？万一有人受伤呢？”端木夜雨支吾道。

花乃子突然喊道：“蠢猪们，上路时间到！”

端木夜雨偷偷看了一眼手表，嘟囔道：“还没到五分钟呢！”

花乃子瞥了一眼唯一戴表的端木夜雨：“猪，你已经没有戴表的资格了，摘下来，放到它该去的地方。”

最后，端木夜雨还是保住了手表。

因为他选择携带工具，“地图”和手表都属于工具。

艾丽选择携带武器，她带上了左轮手枪和开山刀。

何塞选择携带压缩饼干和水。

无头金丝雀小队队员携带“战利品”遁去，花乃子躺在坑边，盖着毯子休息，丝毫不在乎身上那套高档昂贵的旗袍与泥土亲密接触。

太阳渐渐升起。端木夜雨摊开地图，指着B点位置说：“我们下一个目标是B点，其明显的标志是旁边有一间小木屋。距此最近的路线肯定是一直向北，穿过林场，就能到达B点。”他用手指量了一下距离，“如果顺利的话，也就是半天的行程，大概十五公里。”

“顺利？有他们在，我们就顺利不了！”胡安指着后面幽灵一样的花乃子，“鬼才知道那位瘟神怎么折磨我们呢！”

“我们还可以选择另一条路线。”端木夜雨指着C点位置说，“我们先往西，走出林场，然后直奔西北到C点。”

何塞用手指丈量一下：“这么走，差不多也是十公里，可能还会近一点儿。从C点到B点，同样是十五公里左右。”

端木夜雨补充说：“这样走，百分之八十的路程在森林外，会节省很多体力。”

“他们不会无端标出ABC吧？”胡安盯着地图，“如果只有先解决B点问题，才能解决C点问题，怎么办？比如，C点的补给箱，必须用B点的钥匙打开。”

“我认为他们不会按常理出牌，就像昨夜我们就吃了惯性思维的亏。随机应变是地狱猎兵必备的能力。”端木夜雨斩钉截铁地说，“就算必须按照 ABC 的顺序行进，我们按这条路线走也不吃亏，只不过在平地多走十几公里，体力消耗未必比在森林里爬行大。”

“就这么定吧。”何塞点点头。

可能是疏忽，也许是故意留下，无头金丝雀小队队员并没有带走工兵铲。

“他们还算有点儿人性！”何塞捡起工兵铲，走在前面。

行程还算顺利，早上 7 点左右，他们就看到一块钉在枫树上的路牌。路牌上有一个“边界”单词，单词下面是编号。

“看样子我们已经走出森林了。”何塞看了看路牌，“上次我们走出森林，怎么没看到这玩意儿？”

端木夜雨用衣袖擦擦路牌，仔细看了看：“这不是森林的界碑，好像有些年头了。”

“走吧，咱们不负责考古。”胡安催促道。

他们面前是一望无际的草原，看来他们真的走出森林了。谢天谢地，一切都在计划之中，他们脸上浮出笑容，艾丽除外。

艾丽默默地走在后面，不悲不喜，不忧不怨。没有人知道她在干什么，或者想什么。

草原上的草，长势并不好，有高有矮，有密有疏。花乃子像不负责的牧羊人，任凭四头羊随性而走，她在后面毫不干涉。

从大坑里出来后，他们就没有找到水源，三个水壶中的水本来就不多，现在已经见底了。

一辆印有余烬城龙骑兵标志的黑色装甲车出现在他们的视野中。

与之前常见的斯特赖克相比，这辆装甲车的构造很简约，车体上有很多棱角分明的黑色多边凸起，下面只有四个轮子，远看像一个移动厕所。诡异的是，它前后一模一样，分不清头尾，连驾驶室的门都找不到。

装甲车一动不动地停在那里，就像被遗弃一般。

艾丽见到装甲车，立即隐身于灌木丛后。

看到装甲车，胡安异常兴奋 :“走，过去看看那辆车里有没有人。”

何塞说 :“那是龙骑兵的车！就算他们遗弃不要，也轮不到咱们捡便宜！”

“万一这是测试内容呢？”走得大腿酸痛的胡安，不想错过这个休息机会。

何塞提醒道 :“龙骑兵常用战车是斯特赖克，好像没有这种类型。”

端木夜雨也觉得不对劲儿，蹲下观察 :“地上好像有条大蛇。不对，不是蛇！”

伴随一阵轻微的“嗡嗡”声，一条黑色电缆在装甲车底下左右蠕动。同时，如笨重的犀牛从车后走过来，重物夯地一般，发出令人恐惧的“咚咚”声。

走在前面的端木夜雨和何塞同时举手，示意后面的人赶紧隐蔽。

将近三米高、慢慢挥动巨臂、大手的黑色“狂战士”机器人从装甲车后面缓缓走过来。即便它手里没有武器，但还是让他们产生转身逃走的冲动。

“什么鬼东西？！”何塞明知普通霰弹枪对这种钢铁怪兽毫无威胁，还是举起来对准它，“谁见过这玩意儿？”

前两天在城际大巴上，端木夜雨见过骨瘦如柴的“精灵”机器人，那种机器人，最起码还有人样。面前这个铁塔般的凶神恶煞，吓得他退出三步后才意识到，隶属于龙骑兵的机器人应该不会伤害正在接受测试的准地狱猎兵。

“不要怕，这是龙骑兵的机器人，可能在执行某种任务。”端木夜雨观察一会儿后，站起身，“只要我们不碰它，它就不会伤害我们。我们从旁边绕过去。”

“狂战士”机器人似乎听懂端木夜雨的话，张开双臂，仿佛禁止他们通过一样。

与此同时，一个穿粉色连衣裙、留着滑稽平头的瘦高少女从装甲车后走出来。她右眼深黑色，左眼翠绿色，手里拿着一张正在显示某种数据的卷轴屏。最奇怪的是，她的百会穴位置，贴着一小块像创可贴似的封条。

“茶色头发，黑色眼睛，应该是中国人。”胡安小声撺掇端木夜雨，“她长得和你差不多，你去问问她想干啥。”

“大部分中国人都是黑头发黑眼睛！”端木夜雨指着少女的眼睛，“你看看她的眼睛，是什么颜色？”

两秒之内，少女左眼的颜色，就在黑绿之间转换十几次。她盯着四个人，神色非常紧张。

端木夜雨见她没有恶意，心里稍稍轻松一些，小心翼翼地靠近她：“我们是——是——”

“你们是谁？为什么闯入余烬城龙骑兵研究中心实验禁区？我怎么查不到你们的资料？”少女的眼睛像扫描仪一样，在四个人身上不停地扫视。

花乃子催动黑马冲过来，横在两拨人中间。“狂战士”机器人像保护少女一般，将她护在身后。

“多萝茜·花乃子。”少女扫视花乃子后说道，“代号‘金丝雀’，地狱猎兵无头金丝雀小队队长。”

花乃子打量少女：“我们认识？”

“不认识。您威名远播，风评甚好，我应该知道的。”少女嘴角微翘。

“非常遗憾，我却不认识你。你为什么出现在这里？”花乃子逼近少女，用马鞭指点四周，“今天龙骑兵应该没有任何活动。”

“那我们就没有必要认识了。”少女左眼闪烁一下，“没事儿了，你们过去吧。但是，请你们不要对任何人透露，在此时此地遇到我。这——对彼此都有好处。”

“狂战士”机器人待她说完，微微弯腰，把粗壮的胳膊放低，少女非常顺从地坐上去。装甲车侧壁向上翻起，露出车内一排支架。

“喂，姑娘！”见少女进入装甲车内，胡安为了掩饰自己刚才的胆怯，笑嘻嘻地喊道，“你的发型不错！”

少女瞪着胡安，竖起中指。

“狂战士”机器人在支架上坐稳后，那条黑色电缆瞬间收入车内，装甲车侧壁随之缓缓关合。

端木夜雨疑惑地自言自语：“这到底是什么车？车内为什么连个座位都没有？”

“龙骑兵治安团投送无人机动装备的防爆车。”说到这里，花乃子好像也不自信了，“它应该由市内治安监控网络遥控，信号不可能传到这里。”

待防爆车远去，何塞挥手示意三个人继续前进。花乃子仍旧默默尾随。

他们在 11 点 25 分抵达小湖。

小湖甚至还称不上湖，目测最宽处不会超过五百米。对岸有一栋墙壁残缺不全的废弃木屋。湖边有两个拾荒者模样的流民，一个打水，一个用自制的简陋鱼竿钓鱼。

“这里的水应该没问题。”饥渴的何塞指着湖水说，但他却不敢贸然取水。

端木夜雨走到湖边，蹲下身子，捧起一捧水仔细查看，直到水快流尽，才润了一下嘴唇。

胡安看了看地图，举目眺望："我们已经到地方了，C点在哪儿呢，也看不到补给袋啊！"

小湖周边都是滩涂和草地，如果有补给袋，应该能轻松看到。

"附近有流民出没，补给袋不大可能放在显眼的地方。"端木夜雨指着湖边的两个人说，"他们比我们还缺少生活物资。"

何塞指着破败的木屋说："会不会藏在那间木屋里？"

"有可能。"端木夜雨点点头。

他们绕到木屋时，流民已经逃跑了。

他们围绕木屋察看一会儿，确认一切正常后，才从正门进入。

木屋只有四十平方米，被半堵木墙隔成两间，屋中没有任何家具，角落里有一个大铁箱，箱口贴着一张绘有地狱猎兵纹章的封条。

"兄弟们，这里应该就是C点！"胡安兴奋地走到箱子前踢了一脚，"这里面应该是补给品！"

端木夜雨觉得这里出现个箱子，不太符合逻辑："那两个流民为什么没有看到这个箱子？这也说不过去啊！"

“箱子上不是贴着地狱猎兵的封条嘛，他们哪敢随便动？有那心也没那胆吧？！”胡安指着封条说，“这里是地狱猎兵的地盘，谁敢动他们的东西？”

何塞觉得胡安的说法可以接受，犹豫一下，便伸手揭去封条，想打开箱盖。

“等等，上面好像有文字！”端木夜雨凑到箱子前，看到封条下面有一行油性笔写的小字，念道，“你们应该先去 B 点。”

“先去 B 点？啥意思？”何塞犹豫了，“难道必须按顺序完成？”

胡安弯下腰，仔细看了一眼：“这是建议，不是命令。”

“花乃子啥时候命令过咱们？说话都不好好说，要多烧脑就有多烧脑。”何塞扫视三个人，迟疑说，“只因为没有按顺序完成测试被淘汰，是不是很冤？”

“来都来了，还客气啥？我算看清楚了，这种测试，想少了不行，想多了也不行，干就完了。”胡安抽出腰间的工兵铲，对准箱盖。

何塞与端木夜雨对视一眼，默许地点点头。

艾丽一言不发地退到屋门口。

胡安将工兵铲慢慢插进铁箱盖下，用力撬开箱盖，伴随着某种机械机关被触发的“咔嗒”声，四枚弩箭从箱子底部平行射出，一枚擦着胡安脚踝而过，一枚不偏不倚射中何塞右小腿。

何塞坐在地上，抱着小腿哀号。胡安丢下工兵铲，直愣愣地看着何塞，刚才的猛劲儿全无。

箱盖弹开。端木夜雨走到跟前，发现里面有一个十字弩，上面的弩箭全部发射出去。他回头看看何塞腿上的弩箭，没有贯穿小腿，只扎进寸余深。

胡安蹲下身子，轻轻触碰弩箭。何塞一边惨叫一边制止："别乱动，可能扎到骨头了！"

他的话音未落，艾丽飘到他的身前，一把拔出弩箭。

"啊！"何塞疼得捂着伤口打滚、哀号。

艾丽看了一眼弩箭上的鲜血说声"没毒"，就随手扔到一边。她看着满头大汗的何塞，慢条斯理地说："副队长，你只是伤及皮肉，死不了的。"

"死不了？在你腿上钻个窟窿试试？站着说话腰不疼！"何塞大口地喘着气，白了一眼艾丽，"以后你想干啥，能不能先给我一点儿动静？别那么突然好吗？"

"我不突然，你能让我拔？你啊，还是想办法止血吧。"艾丽像解剖尸体的法医，冷冷地看着何塞的伤口，"聪明的你们，选择了工具、武器和食物，却放弃了所有药品。"

"现在抱怨还有个毛用！我要知道会受伤，早就退出了！"何塞冲艾丽吼道。

艾丽没有说话，从自己短袍袖口扯下一条布，蹲下挽起何塞的裤脚，麻利地包扎妥当，然后若无其事地说："一点小伤，死不了的。”

端木夜雨把一根树枝削成简易拐杖，递给何塞。

胡安要背何塞：“大哥，对不起，这事儿都怪我。我背你走！”

何塞一把推开胡安：“一边儿去！伤口离心脏还远着呢，我且得活几十年呢！这年头，活着就是奇迹，死掉才算正常。”

虽然何塞坚持自己走，其他人还是小心地关注着他。他们簇拥着何塞，一起走出木屋。

牵着黑马的花乃子出现在门口，看样子她已经知道屋内发生了什么事情。

“两个教训！”她举起两根手指，“一，地狱猎兵不会无故给一个箱子贴封条。箱子里即便有普通的粮食，也会采取安保措施。这是基本常识；二，在杀机四伏的当下，药品比食物还珍贵，没有任何理由丢弃，除非你们想尽快死掉。”

“你这是测试新兵吗？”胡安怒气冲冲地走到花乃子面前，指着她吼道，“这只是新兵测试，为什么要设计这种伤人的机关？”

“敌人会想尽一切办法让你们死掉。想当地狱猎兵，就得学会与死神打交道。你们的父母也许早就死掉了，所以就别指望别人怜悯。别人没有这种心情，也没有这种时间。”花乃子依然坚持她的歪理邪说。

她看看四个人，冷冷地说：“要么退出，要么继续接受测试！”她说完转身走了。

何塞说："把我留在这里，你们继续完成测试。"

"废话，那还叫啥战友？要退，就一起退！我们是来入伙的，不是来要饭的，没必要看这个死老娘们儿的臭脸！"胡安喊道。

"现在我行动不便，只能拖累你们完成测试。你们就当我以身殉国了，把我埋在这里。完成测试后，你们再来把我挖出带走。"何塞说完坐到地上。

端木夜雨说："我们就依副队长吧。反正这里是C点，我们完成B点的任务，还得回来完成C点的任务呢。"

何塞摇摇头："这里不是C点！"

第十章　牺　牲

霍尔始终不明白，龙骑兵研究中心为什么选择把所有“D级材料”存放在中央区，一个能够眺望到神殿山的私人疗养机构内。

为了掩人耳目，研究中心的员工通常会选择搭乘高架轻轨往来于彼岸之塔与这栋名为“梦境”的三层建筑。它被浓密树木包围，说密不透风都不算夸张。

这里是知名的富人区，进入此地的人，非富即贵，绝无平凡草民。

然而事实恰恰相反。在一座如苏丹皇宫般富丽堂皇的小楼地下室里，“收容”了五十五个“D级材料”。他们没有余烬城的合法公民权、居住许可、身份识别编码，更没有医疗与福利保障，甚至连名字都没有。简而言之，他们并不能归属于人类，只是一些人眼中的材料。

霍尔以前接触过一对双胞胎的“D级材料”，是经过一系列“完人实验”培育出来的“副产品”。由于他们的身份特殊而且相对珍贵，实验时被严格限制在一个可控的流程之内。因为基因上的相似度高，使他们能接受更多“交叉对比实验”，从而提高贡献点数，尽快结束自己身为“材料”的命运。

比如正在帮霍尔拉开“梦境”大门的迎宾小姐，就是历经各种实验后获得公民权的幸存者。伟大而神秘的余烬城催眠师，抑制或者破坏了她以前屈辱的记忆，让她鞠躬时的笑容甜美而真诚。

经过具有掩护作用的地下一层停车场，下行至第二层，空间瞬间开阔。这里的面积不仅大于地表的“梦境”，还延伸至附近马路的地下管道。

相对温顺的五十五个“D级材料”就在此生活，住在如同牢房一般狭小逼仄但食宿条件还算不错的单人间里。不满二十岁的他们，基本都是非法越境者、游民、奴隶，或者是没有合法身份的小偷小贼。按照余烬城的法律规定，这些人应当直接驱逐出境，或者驱赶到蛮荒之地任其自生自灭。但是，有人觉得他们还有更大的利用价值。

现在，暂时还没有承担实验任务的二十二个人被分成两组，在霍尔和他的临时助手面前一字排开。

霍尔并不喜欢这位助手，更准确地说，他不喜欢“梦境”里任何工作人员。他觉得，无论心理层面还是技术层面，这些人对活体实验早已麻木，操作时对接受实验者缺乏必要的敬畏，或者说负罪感，哪怕只有一点点也好。

穿着统一白色病服的“D 级材料”，齐刷刷地看着霍尔，看得他有些不自然。

“各位，时间紧迫，我长话短说。”霍尔有些紧张，停顿一下，思考接下来讲什么。“我是龙骑兵研究中心的霍尔，要在这里进行一项紧急实验。我不想隐瞒实验的风险——”他推了一下眼镜框，“应该说，它一定有风险。今天的实验，正是为了证明这种风险的存在。”

高矮不一的“D 级材料”面面相觑，但谁都没有说话。也许他们早已习惯了听话，或者接受了糟糕命运的安排。

“如果你们没有问题，我们就开始吧。”霍尔瞥了一眼准备就绪的助手。

“等一下，我有问题要问！”一个短发女孩突然开口，“霍尔先生，这个实验的风险有多大？”

霍尔愣了一下，打量面前这个满脸雀斑的女孩。她十七八岁的样子，额头上有一个三环套烙印，看样子她是蛮荒之地某个邪教信徒。

第一次有女孩叫他“霍尔先生”，让他感到不自在。他犹豫着问道：“你——你叫什么名字？”

“他们都叫我安妮。”女孩没想到霍尔会对她如此客气，看着霍尔提高嗓音，“其实我不叫安妮。我原来的名字很长、很拗口，连我自己都记不住。”

“安妮？不错嘛！”霍尔走到安妮面前，低声说，“我不能确定这个实验的风险有多大，不过结合计算机模拟实验的数据分析，失败的概率大概在百分之一到百分之五之间。”

“失败？”安妮坦率地问，“是指我们死掉吗？”

霍尔不愿意与他们面对面地谈论这个话题，支支吾吾地说：“包括失忆和脑死亡，不过我会尽量保证实验成功。”

“所以，这是一个有可能致死致残的活体实验项目，对吧？”安妮平淡地问，“如果——如果我们完成了这个实验，应该能得到很多贡献点数，对吧？”

“抱歉，我对评分体系并不清楚。不过，我能确定的是，诸位完成这个实验后，就已经向余烬城证明了自己的价值并获得相应的权利，到时候会有专门机构对你们进行培训，确保你们能融入文明社会。”

霍尔知道，这个实验最重要的环节是抑制参与实验之人的记忆，以此防止这些“小白鼠”出去后泄露机密。他不想这么做，但这也是最人道的办法了。活体实验，说穿了，做实验的人，只关注实验结果，哪还会管实验品的死活。

虽然霍尔没有给他们提供明确答案，但还是让他们看到了希望。对于生活在社会底层死亡边缘的人，有万分之一改变命运的机会，他们就会不计代价地争取。因为，即便结果再差，也不会比他们现在的生活状况更差。

“那就开始吧！”安妮主动上前，“吃药还是打针？”

见安妮迫不及待地要求实验，霍尔心头一阵酸楚。他苦笑着点点头，然后看了一眼腕装电脑，冲助手喊道：“城邦 40 年 3 月 28 日 13 点 16 分，第一轮给药。”

这群“D 级材料”注射神秘试剂之后，返回自己的房间。霍尔对他们并不限制，可以读书、听音乐，或者什么都不做，盘腿坐在床上闭目养神。

十分钟后，研究人员采集他们的血样，送到分析室进行化验。只有化验结果符合第二阶段实验条件，才能注射“打孔者”试剂。

霍尔通过监控屏幕，观察每个人的状态，不敢放过任何一个细节。他们的各种生理数据，在屏幕左下角不停地变换，显示着他们生理和心理的实时状态。

安妮比任何人都兴奋，不停地走来走去，有时还蹦蹦跳跳。助手告诉霍尔，她在“梦境”待了近十六个月，算上这次实验，她的贡献点数已经远远超过证明自己价值的标准，意味着她获得公民权后，还能获得诸如就业培训之类的福利。

霍尔观察一会儿，发现没有任何受试者出现明显的不良反应。略感无聊的他突然想找个人聊聊，却发现那个连名字都不知道的助手不在监控室。身边的两个研究员和他不但不熟，还对他充满莫名的敌意，于是他放弃了这种主动找虐的想法。

助手拿着化验单，不紧不慢地走进监控室。

霍尔立即询问：“有没有阳性？”

“有。”助手开始翻看化验单。

万分之一的理论概率，还是有人“中奖”了。霍尔苦笑着叹口气，问：“几个？”

“一个，名字叫——”助手把化验单递给霍尔。

霍尔并没有看化验单，而是面色凝重地盯着监控屏，看着二十二个或紧张不安或雀跃亢奋的身影，欲言又止。

助手愣愣地看着霍尔，不知道他要干什么。

在助手看来，化验结果出现阳性反应，霍尔应该感到高兴，因为这种现象说明注射试剂有效，但紧迫的时间与资源，又让他别无选择，不得不以最简单粗暴的方式来完成这件事。

“博士，你在僧帽猴或者黑猩猩身上做过类似的实验吧？出现排斥反应会怎么样？”助手问道。

霍尔盯着监控屏幕，似乎没有听到助手的询问。但是，他的脑海里一直浮现出各种不忍直视的画面——承受异常痛苦后死亡的画面。

“打孔者”因为宿主免疫系统排斥而疯狂挣扎，用它的触手在宿主大脑中钻出许多细小的孔，破坏了大脑神经中枢。宿主的四肢像失去控制一样不停地挥舞，或耳边响起高分贝的尖叫，以致宿主捂着耳朵痛苦地翻滚、惨叫。

“有——有各种不同的结果，或瘫或疯。”霍尔轻轻叹口气，“最后结果只有一个——死亡。”

“这样啊？”助手感觉自己像参与犯罪一样，一时间有点儿不知所措，“就没有其他办法了吗？”

“不知道有没有，但目前这是唯一的结果。认命吧，我们都得认命！”霍尔盯住监控屏幕，“投胎是一门技术活儿，很多事情，在我们出生那一刻就已经注定了。作为医学研究者，有时候，残忍也是一种善良。我们要对整个人类的未来负责，一些妇人之仁还是要舍弃的。”

“博士，你的手怎么抖得那么厉害？”助手惊慌地盯着霍尔的手。

霍尔的手确实在抖动，难以控制地抖动。他知道自己太紧张了，于是站起来，一边走动一边搓手，嘴里一直说“没事儿，没事儿”。

“博士，你不必掩饰了！坏人的坏是与生俱来的，他们做任何坏事儿都能从中获得成就感。你的善良已经植入骨髓，做任何触碰你做人底线的事儿，都会让你内疚、自责一辈子。人嘛，改变不了就学会接受吧，学会让自己变得麻木甚至冷漠。”

霍尔笑了：“你应该做心理咨询，比干这个会更容易成功。”

助手也笑了：“我比你更适合干这种折损阳寿的活儿。博士，实验要不要继续？如果你实在受不了，下面的活儿就让我们做吧。”

霍尔擦去脸上已成滴状的汗水：“继续实验，准备好应急措施。”他顿了顿，“这些人中至少有一个会牺牲的。”

“牺牲？他们只是‘D级试验材料’，在这里用‘损耗’更恰当。”助手说。

霍尔指着自己的胸口，严肃地说：“但在这里，就是牺牲，值得我们敬仰的牺牲！”

第十一章　对，优胜劣汰

14 点钟，开始下雨。

最初只是星星点点的雨丝，后来雨丝便以肉眼可见的速度变大变粗，“哗哗”声响彻天地。

端木夜雨停下，看看眼前渐渐模糊的一片草原，又看看右侧渐渐变小的森林，突然意识到自己选择走这条近路，忽视了在野外行动时必须注意的一个重要因素——天气。糟糕的天气，已经让他们陷入进退维谷的境地，尤其身边还有一个伤员。

何塞拄着简易拐杖，在胡安搀扶下艰难地向前挪动脚步，拖累了三个人的行进速度。

目光所及之处，根本没有路，到处是膝盖深的野草。

“要不我们先回去吧。”端木夜雨建议，“我们离小木屋不算太远，到那儿避雨休息，天晴再走。”

“我很想说你的主意不错，但非常抱歉，哥们儿。”何塞吃力地说，“如果真想休息，我们还是原地歇一会儿吧。我实在——实在走不动了。”

“淋在大雨中，会加速热量散失和体力消耗，还会让心情低落。”艾丽难得地主动说话，但口气依旧冷冰冰的，“我们很容易患上感冒，根本无法完成下面的测试。”

端木夜雨举目四望，视野内确实没有任何遮风避雨的地方。远处的花乃子撑着一把黑伞，闲庭信步地欣赏着雨景。

“我记得她有条毯子。”端木夜雨指着花乃子对何塞说，“这种情况下，她应该能借你用一下吧？”

何塞不屑地摇摇头：“别做梦了，她不叫我蠢猪，我就谢天谢地谢她八辈祖宗了。”他指着前面说，“我们去那片森林，里面的雨可能小点儿。”

这是没有选择的选择，三个人认可了。

他们在泥泞的草丛中艰难地跋涉了二十五分钟后，森林终于出现在眼前。老天爷似乎起了怜悯之心，也收起雨幕。

乌云未散，但暴雨初歇已经让他们欣喜不止。在心里不断自责的端木夜雨，加快脚步，第一个跑到森林边观察，然后对三个人挥手：“我有办法了！”

“有话就说，有屁就放！”体力已经透支的何塞没有任何耐心了。

“我们沿着森林边缘走，下雨时就到林里避雨，不下雨时就在外面走，这样既不耽误行程，还有安全保障。”端木夜雨指着前面说。

“开始我们就应该这么走！”胡安没好气地吼道，“都怪你硬要去C点，把副队长填大坑了！”

“我不是想尽快完成测试嘛，谁知道那里是个坑啊！”端木夜雨尴尬地挠挠头。

他确实没有料到，他们的考场会在荒无人烟的原始森林里，更不会想到测试相当于迫害，更不会想到考官花乃子，冷漠得像一头草原上的土狼。

“土狼！”何塞突然指着前面惊慌地喊道，“没错，就是土狼！”

凡事都一惊一乍的胡安，此刻消停了，连连向后退。

艾丽依然面无表情，从腰间摸出那把不知道还能不能射击的左轮手枪。

端木夜雨也看到离他不到十米的地方，一头强壮的犬形动物紧紧地盯着他们。

作为猎户之子，他一眼看出它不是土狼，而是北美灰狼。

北美灰狼曾经统治北美的森林王国，历经核战、火灾与瘟疫之后，森林里很多凶猛的大型动物都灭绝了，只有它们幸存下来，并能与可怕的新物种争夺食物链顶端的位置。

在目前这个已经扭曲到不自然的自然界，能生存下来绝对是强者，或者比以前更强。即便在人类与大自然和谐相处的时代，以狩猎为生的猎人，也不想遇到成群的北美灰狼。

看样子，这头饥饿的灰狼已经把他们当成今天的晚餐了。他们却没有对付灰狼的武器。

“隔离区里怎么会有狼?！是不是她特意放在这里对付我们的?”胡安指着远处的花乃子说。

花乃子也看到了那头灰狼，不过她没有惊慌，从驮袋中抽出手机，低声细语地打电话，好像一切都与她无关。

求人不如求己。端木夜雨小心翼翼地伏下身子，举起双手，嘴里念念有词，慢慢地向后退。

准备射击的艾丽发现，她手中的左轮手枪的枪管有点儿弯曲，贸然开枪，极有可能炸膛。

何塞把霰弹枪递给胡安。不知是紧张还是冲动，胡安接过枪，就盲目地对准灰狼开了一枪。

弹雨过后，灰狼从草丛中再次现身，挑衅似的抖动身子。

突如其来的枪声，把正在后退的端木夜雨吓得踉跄倒地。

灰狼如采取蹲踞式起跑的百米运动员，突然起身冲过来，扑向开枪的胡安。

艾丽不计后果地开枪，弹头穿过灰狼的后腿。灰狼因剧烈疼痛落地，扭头看看伤口，又看看艾丽，然后发疯似的扑向她，一口咬住她挡在面前的左臂，拼命撕扯。

艾丽忍着剧痛，用左轮手枪抵住它的喉咙，冷静地扣动扳机。

灰狼停止挣扎，双眼中仍然射出嗜血的凶光，大嘴依然咬住艾丽的左臂不放。

端木夜雨奋力掰扯灰狼的嘴，但怎么也掰不开。它的牙齿好像镶嵌在艾丽的桡骨上。

胡安把霰弹枪的枪管插进灰狼的嘴巴，生生将其撬开，才帮助艾丽拿出手臂。

伤口很深，渗出的鲜血已将白袍染红。撕碎的袖口与伤口杂糅在一起，一片模糊。

艾丽看看伤口，不以为然地说："还好，筋骨未伤，血管没断。"

端木夜雨皱紧眉头，看着伤口："都能看到骨头了。"

何塞说："赶紧止血，处理伤口吧，但愿不会感染。"

"我自己来吧。"艾丽轻轻推开端木夜雨，用右手从短袍上扯下一块布。

"等等！"端木夜雨奔向在远处看热闹的花乃子，哀求道，"艾丽受伤了，你这里应该有急救药包，求求你救救她吧！"

“与死神共舞的地狱猎兵，任何时候都会携带急救包，哪怕为此放弃食物。因为饥饿杀死你，需要七天；中毒或者失血，三分钟就会要你的命。”花乃子冷冷地说道。

胡安也跑过来哀求：“头儿，我们将来可能就是你的兵，你总不能看着你的兵死掉吧？”

“连自己的命都保不住，有什么资格做我的兵？”花乃子眉头轻挑，“你们主动来参加适应性测试，你们受伤、遭难、遇险，都是测试的一部分，必须自己解决。”

“你他妈的脑子没毛病吧？！”胡安急了，冲花乃子吼道，“你过去看看，她的手臂快被灰狼咬透了。别说她是你的兵，就算她是平民老百姓，你是不是也应该救她？”

“如果你觉得她无法完成下面的测试，就去劝她退出。”花乃子指着艾丽说，“连累战友完成任务，是不道德的。她应该做出属于她的选择。”

胡安指着花乃子的鼻子骂道：“你他妈的说的是人话吗？！”

花乃子冷笑道：“一秒钟内，把你的脏爪子放下，否则你比那个丫头还惨！”

“你有本事就整死老子！”胡安毫不畏惧，“你这是测试吗？拿头狼算什么，拿只老虎不是更刺激吗？”

花乃子猛地进身，伸手抓住胡安的手指，反关节用力，再上步侧身，右肘狠狠砸在胡安的肋部。

胡安摔倒在地，感觉肋部像被铁棍捅了一下，顿时有出气没进气。

花乃子上前，踩住胡安刚才指着她的手指，说道："你给我听清楚，灰狼不是测试内容，但丰富了测试内容。不过，正如你所说，如果出现一只老虎，会使测试更加刺激。在蛮荒之地，这种灰狼的攻击力，和仓鼠差不多。如果你们连它都摆不平，我劝你们放弃做地狱猎兵的念头，回去干你们能干的事儿多好，比如打打猎、唱唱经，勾引一下穷掉渣儿的女人。"她脚下再次用力，挑衅似的歪着头盯着胡安，"或者回到你的老鼠窝，找只母老鼠生一窝小老鼠，如此这般、周而复始，多简单多惬意！想住进余烬城改变自己及后代的命运？别做梦了！"

胡安疼得汗如雨下，嘴上依然不服软："臭老娘们儿，别鸡巴磨叽了，你有本事儿就把我的手指踩碎！"

"灰狼死了，我们还活着。不管它是不是你的测试内容，我们已经通过了。"艾丽用嘴和右手把伤口包扎好，走到花乃子面前说道。

"圣武士没有辱没姐妹会之名，这才是一个地狱猎兵应有的样子！"花乃子抬起脚，微笑着指点艾丽。

胡安爬起来，甩了甩青紫的手指，抄起霰弹枪，对准花乃子，"把你身上的东西全部留下！"

花乃子非常平静，盯着双眼冒火的胡安："想打劫？"

"打家劫舍的事儿，你们少干了吗？"胡安双手战抖，

“你不是一直要求我们像合格的地狱猎兵吗？我现在就做给你看。你把东西留下，麻溜地滚得远远的，我这辈子都不想看到你！”

花乃子上前一步，把额头抵在枪口上，冷冷地说：“立即放下枪，我还能赐给你一个二级淘汰。”

胡安冷笑道：“我立即开枪呢？”

花乃子没有搭理胡安，转身冲远处做出“不要开枪，我自己能解决”的手势。

“她在比画什么？冲谁比画？”端木夜雨问艾丽和何塞。

艾丽喊道：“胡安，附近有狙击手，你千万别乱来，不然我们都得完蛋！”

就在胡安稍微走神的瞬间，花乃子猛然右转身，躲开枪口。胡安马上扣动扳机，一条火舌从枪口探出。

花乃子右肘重重砸在胡安的下巴上。胡安如伐倒的大树，直挺挺地倒下去。

花乃子蹲在胡安身边，冷冷地说：“我，多萝西·花乃子，以地狱猎兵无头金丝雀小队队长的名义，宣布你的适应性测试到此结束。鉴于你在测试过程中，有严重危害战友生命安全的行为，判你三级淘汰。”

她既没有反败为胜的兴奋，也没有面对俘虏的自豪，脸上依旧冷淡，依旧平静。

“要杀要剐，随便！”大脑清醒过来之后，胡安依然霸气。

花乃子慢慢地从旗袍袖兜中抽出一枚银色长钉，以极快的手法，向胡安的后颈部扎了一下。

霸气的胡安，连吭都没吭一声，手脚略微抽搐几下，再无动静。

好半天，何塞才反应过来，扔掉拐杖，不顾腿伤扑向胡安："胡安，胡安，醒醒！"见胡安没有回应，他瞪大眼睛，抱起胡安的头，紧紧贴在自己的脸上，语无伦次地嘟囔着。

"不是每个人都有资格在地狱狩猎！"花乃子把长钉收入袖袋，冷冷地说，"大部分人的性格，注定他们只能成为猎物，最终化为地狱中的粪土。"

"你——你——"何塞死死盯着花乃子的双眼，咬牙切齿地想说什么，最终还是没有说。因为他觉得花乃子说的可能没错。

花乃子对这种充满仇恨的眼神，表示忽略不计。

她狞笑，指着何塞："你已经成为他们的负累，是不是想退出？"

她说过，如果作为副队长的何塞主动放弃测试，他将被判为"二级淘汰"，其他人将被判为"一级淘汰"，也就是说，全队被淘汰。

端木夜雨与艾丽对视一眼，直直地盯着何塞，心里非常矛盾。一旦何塞因为兄弟去世，万念俱灰，说一句退出，就意味着他们这场适应性测试到此结束。

何塞仇恨的眼神慢慢转变，最后变得无奈、冷静。他心里很清楚，他们之所以来参加这种缺德的测试，是没有选择的唯一选择。是的，他有一百种理由放弃，就有一千种理由需要他坚持。

但是，他有一万个理由不能成为别人的负累！

他看了看胡安的尸体，清楚地意识到，也许他就是第二个胡安，无力地点点头，低声说："我——我放弃——"他回头看了看端木夜雨和艾丽，"你们——你们还要参加这种死亡游戏吗？这个疯婆子会找各种借口杀死你们。"

艾丽依旧不动声色。

端木夜雨僵硬的脖子微微抖动两下，下巴微微晃动，不知道他是点头还是摇头。

"我懂了！"何塞苦笑着点点头，"我们有缘再见！"

他蹭到花乃子面前，说："我不会放弃，但如你所说，我会拖累他俩。作为副队长，我命令他俩放弃我，继续完成下面的测试。这，不违规吧？"

端木夜雨吼道："何塞，我们说好不抛弃不放弃的，我们不会放弃你的。"

花乃子没想到何塞会做出这样的选择，低头思索几秒："我欣赏你的小聪明。凭这一点，我同意你的提议。"她说罢撇下何塞，走到艾丽面前，从怀里掏出一个非常精巧的翻盖手机，轻轻抛给艾丽，“会使用这个吗？”

艾丽打开手机，点击几个键后，点点头。

“这玩意儿只能打电话，通讯录里也只有一个号码——我的号码。”花乃子指着自己的额头，“如果你们决定放弃测试或者遇到意外，拨打这个号码，我会派人去搭救你们。现在继续你们的测试。”

“你呢？”端木夜雨狐疑地看了看艾丽，又看了看花乃子，“你不跟随我们了？”

“想听实话吗？我觉得你们今天18点前就会给我打电话，要求放弃。”花乃子转身指着何塞，“你既没有违规也没有放弃。你这副样子，理应得到我更多关注，至少不能让你死在这儿。”

“能把铲子留给我吗？”何塞面色苍白，手指战抖着，指了指胡安的尸体，“我总不能让我的战友抛尸荒野吧？”

端木夜雨不等花乃子同意，便将工兵铲递给何塞。

何塞接过工兵铲，拍了拍端木夜雨的肩头，指指已经上路的艾丽，笑了笑：“哥们儿，祝你好运！”

端木夜雨也拍了拍何塞的肩膀，捂着嘴巴，转身快速离去，却险些被灰狼的尸体绊倒。

“不想带点儿狼肉吗？它的味道虽然不怎么样，但能保证你饿不死。”花乃子漫不经心地指着灰狼说，“它是你们的战利品，不违规。”

端木夜雨摇摇头，三步并作两步，追上艾丽。

他现在只有一个迫切的想法，以最快的速度离开这里，离开那匹狼。最重要的，离开那个不阴不阳没有一点儿同情心的花乃子。

伯爵绞尽脑汁也想不起来，自己上次像现在这样如此优哉游哉地散步是什么时候。

他不是工作狂。作为地狱猎兵，他不需要像城里那些精英，没日没夜地工作。每次完成任务的休整期，他都有一段可以属于自己的惬意时光。

自从编入镰仓小队，他在休整期内，总会被队长拉出去吃喝玩乐。队员都是无家无室的单身狗，谁都没有理由拒绝队长的好意。一顿潇洒后回到家中，他已经精疲力竭，除了睡觉，啥想法都没有了。

横穿弥赛亚区的人工河，在伯爵身边潺潺流动。

十几年前，他每天晚上的这个时间，几乎都带着巧克力色的贵宾犬“威廉”，在这条河边散步，一直走到灯火通明却十分安静的小东京商业街。

那时候的他，刚刚拿到人生中的第一枚路西法纹章，志得意满，觉得自己已经摆脱了非人能待的地狱，以公民的身份进入凝聚着无数梦想与憧憬的余烬城，开始全新的生活。

理想很美满，现实很骨感。他经过多次努力，才发现自己并不是因为缺少系统教育才成为文盲的，而是确实没有识文断字的能力。医生说，这是一种重度阅读障碍，可能是生理疾病，也可能是心理问题，总之经过一番花费不菲的治疗之后，他也只能以记住图形的方式，认识少量单词。他听说学汉语的人群中，阅读障碍的比例较低，于是尝试学习汉语，结果他发现，那些象形文字除了更像图画以外，并不比一串串字母好记。

在余烬城这座自诩为“文明灯塔之一”的城邦中，文盲和残疾没有区别，或者比残疾还惨。肢体残疾，伊阿索公司能为其提供非常亲民的廉价义肢，对于重度阅读障碍这种连病理都搞不清楚的智障，最先进的医疗技术似乎也无能为力。

由于拥有地狱猎兵身份和路西法纹章，伯爵找到一份工作并非难事。他做过八线明星的保镖，当过伊普西龙公司的保安，甚至在赌场做过讨债的打手……

然而，他总觉得，这些维持生计的工作会随时失去，生活状态随时都会回到从前。因此，他依然坚持席地而眠，最多铺一条毯子。

即便偶尔睡在床上，他总是在被勇士级的红脸偷袭、被食人族狩人大队俘虏、被美军三角洲部队追杀的各种噩梦中惊醒。

直到有一天，他系好领带、戴上墨镜准备护送某个连名字都叫不全的千金小姐上学时，突然发现“威廉”已经悄无声息地死去。在那一刻，他突然意识到，把自己束缚在余烬城城边贫民区里的，仅仅是这条狗。

他走出家门，迎着朝阳，看着河对岸，如童话里美丽花园中的别墅群以及远方仿佛外星飞船般熠熠生辉的高楼大厦里的公民，都是被一条狗、一个人或者一座房子，束缚在安稳、平和却又非常狭隘的世界里，而他的心从未离开那片蛮荒之地。

他毫不犹豫地辞去了并不算很好但贵在体面的工作，只身返回隔离区的最高统帅部，向还是普鲁士人助手的疤面申请，继续在地狱猎兵服役。

之后，他得到了人生中的第二枚路西法纹章。

纵观整部地狱猎兵历史，也只有寥寥数人获得此项殊荣。获得第二枚路西法纹章的人，基本都像疤面和曹操那样，从事管理、经营或者培养新兵工作，远离随时可能命丧黄泉的前线。

18 点 05 分，伯爵来到小东京商业街。

他大摇大摆地走过仿古石桥，走进河边那家冷清的小饭店。

与他很熟的老板，身材魁梧，左脸有疤，头上裹着印有血太阳的头巾，腰间系着围裙，看上去像日本人，其实他连亚裔都不是。

凭借在地狱猎兵中培养出来的敏锐嗅觉，伯爵早就闻到老板身上浓浓的戾气。这股戾气，源自蛮荒之地经历各种隐忍后的大失所望。

伯爵能理解各种耻辱的活路都被人为地堵死之后，还能负重前行的艰辛。

“欢迎光临！您想吃点什么？”老板笑呵呵地问。

“老样子。”伯爵随意找个位子坐下。

“猪排饭加土豆泥？”

伯爵尴尬地挠挠头：“另一个老样子。”

“乌冬面？”老板见伯爵不回答、不点头，便一口气问下去，“鳗鱼饭？寿司拼盘？炸鸡块？”

“猪排饭吧。”伯爵做出一个艰难的决定，“加土豆泥。”

等餐的间隙，伯爵习惯性地左右张望。本来不大的饭店里，除了他，只有一个吃烤串、喝烧酒的老头。门外半天不见有人经过。按理说，现在正是饭点儿，若再靠近城中心，哪怕这条商业街再往南走一点儿，都应该门庭若市才对。

“没有人也好，起码落个心静。”伯爵拉开抽屉，摸出茶包准备泡杯热茶时，门帘突然被粗暴地掀开，走进来一黑一白两个大汉。

他们都是同样装扮，戴墨镜，脖子上挂着粗大的金链子，胳膊上重重地文着猛兽。看样子，他们不像吃饭的，起码不像好好吃饭的。把自己打扮成猛人的样子，在伯爵看来，其实并不是狠角色，充其量是收“路灯费”的马仔。

那些拼死拼活想进入余烬城谋生的社会底层人，他们怎么都不会想到，梦想中的文明世界里，也会有这种欺软怕硬的寄生虫。

事实上，这样的寄生虫并不少。他们靠投胎技术好，成为土生土长的余烬城人，生下来就获得合法公民权。他们好逸恶劳、不思进取。他们卑劣的习性，爹妈都管不了，伯爵更不想管。但他们靠敲诈勒索欺负老实人、满足他们花天酒地的奢华欲望行为，让伯爵感到很恶心。

“老板，就餐的人不多，看来最近店里生意不好做啊！”伯爵将茶包撕开，倒进茶杯里，拿起水壶倒水。

两个大汉一左一右站在伯爵身后，反复打量他。半天一个大汉才不阴不阳地问：“老板生意不好，你想赞助点儿？”

伯爵回头瞥了一眼说话的大汉：“你们连这样辛苦劳作都不能维持一家人温饱的小店都不放过，还是人吗？”

“不是人，是你爹，行了吧？”大汉恶狠狠地吼道。

另一个大汉狠狠地瞪着伯爵，攥紧拳头。

伯爵用余光打量左右两个大汉，心里暗想，尽管他们人高马大，也未必是他的对手，毕竟他多年来一直靠杀死别人保命。咬人的狗不叫，他干倒不说话的家伙，叫嚷的人就会跪地求饶。

就在他准备动手时，老板端着餐盘走过来。他瞟了一眼两个大汉，咧嘴嬉笑，把猪排饭放到伯爵面前。

“老板，你忙你的——”伯爵刚说到一半，其中一个大汉对老板低声说，“鸡哥，老爹叫你过去帮忙！上个月那个混蛋又来了，还带来十几个人！”

“知道了。你们没看到我这儿还有客人吗？先出去候着！”老板轻描淡写地冲两个大汉挥挥手。

两个大汉旋即点头出去。

老板走到老头桌前，满脸堆笑：“老先生，不好意思，我有急事儿要出去一趟，马上关门。您也吃得差不多了，赶紧走吧，餐费下次一起算。”

有些醉意的老头见老板这么说，摇摇晃晃地站起来往外走。

老板目送老头走出门，满脸歉意地对比伯爵说：“没有土豆泥了，对不起啊！贝塞里安先生。”他从围裙口袋里摸出一支香烟，递给伯爵，“这是我自己卷的，请您收下，作为补偿。”

“你太客气了，没关系！”伯爵接烟的手突然停下，抬头打量老板，“你怎么知道我的名字？”

“我不仅知道您的名字，还知道您在地狱猎兵工作，家在城墙根儿，在余烬城里无亲无故。”老板嬉笑着说，“像您这样从不赊账，从不多说一个字的人，任何正常人都会好奇的。”

“正常人才不会关心陌生人的事儿！”伯爵把烟放在桌上，

“你关心我，就不是正常人。”

老板一把扯下头巾，露出额头上的伤疤：“这世道，就不能有自己的活法！”

对于这句话，伯爵感同身受。他掏出零钱放在桌上，低声说：“鸡哥，猪排饭帮我打包带走。”

老板拍拍伯爵的肩膀，说：“打包带走？别扯淡了！这是纯天然猪肉，赶紧趁热吃。”

第十二章　大人的约会

原本就有些阴湿的天气，被傍晚的小风一吹，凉意乍起。

虽然身处春季，被雨水淋透的端木夜雨和艾丽，却像站在寒风中瑟瑟发抖。

现在他们最应该做的，是生火将衣物烘干，但是大雨刚停，找到干燥的柴草枯木并不容易。即便他们在不能防风防雨的地方生起火，也很难保证不被突如其来的大雨浇灭。

他们唯一能做的，就是向前走，不停地向前走。

他们艰难跋涉一个下午，绕过了森林西北端。他们知道，只要沿着森林边缘向前走就会到达B点正北方，再向南走五六百米，就能抵达B点。

天色渐晚，没有照明物，贸然进入森林实在不是明智之举。他们又开始在生火还是防身的问题上纠结。

艾丽依然少言寡语，腼腆羞涩的端木夜雨，也不习惯与女孩独处。他们都不说话，一前一后被动地、麻木地向前走。

天空中仅存的夕阳余晖被氤氲吞噬，端木夜雨意识到自己必须做决定了。他回头一看，艾丽正在双手抱肩瑟瑟发抖，一副楚楚可怜的模样。她见端木夜雨看自己，慌忙放下手臂，强打精神，装出若无其事的样子。

“很冷吧？”端木夜雨走到艾丽身边，试图搀扶她。她闪到一边，低声说了句“谢谢”。

虽然他们在一起不足两天，但端木夜雨十分确定，以艾丽怪异的性格，一定会拒绝他任何形式的帮助，哪怕是一句慰藉的话。

只相信自己，只依靠自己，这是她的处事原则。如果在蛮荒之地，这是无可厚非的“独狼式生存法则”，但她现在的处境，既非蛮荒之地，又何必坚持做一头独狼呢？最起码，他想诚心诚意、不求任何回报地帮助她。

“天马上黑了，再走下去很不安全的。”端木夜雨尽量把话说得很委婉，“我们就在这里休息吧，恢复体力，等天亮再动身。”

“不——不行！”艾丽脸色苍白，唇角嚅动，声音也沙哑许多，“我明天肯定会感冒的，四肢无力，头昏脑涨。我必须趁现在还有点儿力气，多走一段路。”说完她往前迈出一步，脚下一滑，打了个趔趄，险些摔倒。

眼疾手快的端木夜雨一把将她抱住。

这时，端木夜雨才发现，艾丽浑身抖得厉害。尽管她极力控制，但效果却很不好。

艾丽奋力挣脱，还想往前走。

端木夜雨又心急又心疼：“别逞强了，你的身子都凉透了！我们赶紧生火，既能御寒又能防御野兽袭击。”

“野兽？”艾丽站下，看了端木夜雨一眼，“狼吗？”

“尤其是狼。”端木夜雨一本正经地说，“我父亲是镇上最好的猎户，我经常跟他上山打猎，对夜里的森林比较熟悉。”

“你是猎户的儿子？”艾丽走到端木夜雨面前，“那就听你的，在此休息。我需要一些干草、枯叶，总之干燥易燃就行。”

端木夜雨为难了：“刚下完大雨，你让我到哪里找这些东西？”

“你不是猎户之子嘛，肯定会有办法的。”艾丽说完这些话，好像耗尽体力，颤巍巍地蹭到旁边的杉树下，扶着树干喘粗气，“多找一点儿，要保证我们顺利度过这个夜晚。”说完，她就靠着树干坐下，抱膝睡去。

因为担心艾丽的安全，端木夜雨不敢走远，就在附近寻找。

暴雨似乎浇透了大地，到处都是湿漉漉的。他只能在树洞、小山洞里寻找，可是里面的易燃物太少了。他一直找到伸手不见五指，才拿着一把枯枝和干苔藓回到艾丽身边。

“只找到这些吗？”体力略有恢复的艾丽，难掩失望之情，“这怎么生火啊？”

“天太黑了，我又担心你，不敢走远。”端木夜雨放下手中的柴草，“先把火生起来，再放上湿树枝，没准儿能行。可是，我们怎么点燃呢？”

“我有办法。”艾丽打开左轮手枪弹仓，退出最后一发子弹，“只有一颗子弹了。如果我们不能点燃柴草，就真的是赤手空拳了。”

“射击能把柴草点燃？不可能吧！”端木夜雨质疑艾丽的想法。

“难道你和老爸打猎时没遇到过这种情况？”

“还真没有。”端木夜雨摇摇头，“猎人上山前，会根据祖辈传下来的经验，做好充足的准备，不可能遇到这种狼狈的事儿。”

艾丽看了看手里的子弹：“这也是测试的一部分吧。毕竟在瞬息万变的战场上，什么情况都会出现的。”

“这是测试的内容？”端木夜雨愣了一下，看看四周，“我们现在的惨状，是花乃子故意设计的？”

“我们落到这种境地，是一系列错误选择导致的错误结果，纯粹是咎由自取！”艾丽顿了顿，“但是，这些错误应该是测试的一部分，考察我们如何应对各种逆境，看我们是靠能力和智慧拼死一搏，还是轻易放弃或妥协。”她盯着手中的子弹，轻轻叹口气，“夜雨，现在你怎么选择？是留下子弹防身，还是用它生火保命？”

“我——”端木夜雨王顾左右而言他，“你刚才叫我什么？”

“夜雨呀，我以前没有这么称呼过你？”艾丽满不在乎地说，“名字嘛，一个称呼而已，想怎么叫就怎么叫。”

“别人都叫我端木，只有父母叫我夜雨。”端木夜雨略微停顿一下，“你这么叫我，让我感到很亲切！”

艾丽把头扭到一边，摇头叹息：“还没有断奶。”

“断奶？什么断奶？”

“我们还是说正事儿吧。你考虑好怎么处理这颗子弹了吗？”艾丽脸上又恢复到原来的阴郁之色，“放手一搏还是留粮过冬？”

端木夜雨打量艾丽指间的子弹，权衡再三，最后鼓足勇气说：“生火吧，那样还能保证我们能活到天亮。我们如果死在半夜，即便有一百颗子弹，对明天的我们来说，也毫无价值。”

“嗯，你是实用主义者。”艾丽又一次露出诡异的微笑，“你得改啊，不然迟早会要了你的命。”

说着，她一口咬住弹头，但不知是力量不足还是方法不对，无论她怎么扭动，都无法将弹头卸下。

“我能试试吗？”端木夜雨见艾丽很吃力，忍不住问道。

艾丽放弃了，摇摇头：“这需要经过特殊训练的，有时还需要辅助工具才能拧下来。”她看了看子弹上的口水，“已经被我弄脏了，算了吧。”

“在乱世中长大的穷人家孩子，就不知道啥叫脏。”端木夜雨一把夺过子弹，看了看，“女孩子都敢拧，我为啥不敢？”

艾丽摇摇头：“敢是一码事儿，会是一码事儿！第一个动作你就做错了，要用臼齿固定弹头，而不是用门牙。”

“臼齿？”端木夜雨从嘴里拿出子弹，怔怔地看着艾丽，“用——哪颗牙？”

艾丽凑到他身前，他立即仰头张开嘴。她伸出手，快要碰到他的嘴唇时，却拐向他的腮部，轻轻点了一下。

她仅仅一点，却让端木夜雨产生触电的感觉，一股莫名的凉意刷遍他的骨头，于是羞涩地说：“知道了！”

获得余烬城合法公民权后，伯爵便一直设想自己应该在富人区定居，因为他相信“近朱者赤，近墨者黑”，但是，一头叫“房地产中介”的怪兽，用一句话就击碎了他的所有幻想。他发现以他的积蓄与薪水，即便在距离富人区三公里的地区，连一张床大的地方都租不起，更别说买。能接受他的地方，只有城乡接合部的贫困区。

比如城墙脚下这堆集装箱，官方叫它“居住箱”，其中一个就是他的家。至于周边的公共设施，用当地人的话说，基本属于“业主自治”，因此离此地最近的公交车站，都在一公里外。

他沿着人工河边走回家，城墙那边重型机车的轰鸣声不绝于耳。他知道今天是龙骑兵的训练日，但不知道为什么这么晚还不结束。城里各处都增加了明岗暗哨，看来可能有突发情况。

伯爵走到北街高速车道，这里是余烬城城北主要入口。

站在天桥上，伯爵看到十米高的城墙上车水马龙，宛如一条双向奔流的七彩河。把战时城内最后一道重要防御工事，改造成平时的环城公路，确实很有创意。

城门下是一如既往的堵塞，大大小小的机动车挤在一起，水泄不通。机动车的喇叭声与司机的咒骂声混合在一起，让经过这里的人都感到烦躁不安。此地拥堵的原因不是路窄，而是无论出城还是入城，任何人都得接受全方位检查。

今天的龙骑兵检查得尤为认真、仔细，且声势浩大。治安团的士兵牵着警犬来回巡视，数十名荷枪实弹的武装士兵站在数辆装甲车上，遥控着“狂战士”战斗机器人，寻找一切可疑迹象。

伯爵摇摇头，自言自语：“能让龙骑兵如此兴师动众，看来逃犯级别不低嘛，为什么他们对环城公路放任不管呢？”

背后突然传来嘲讽口气的回答：“蠢材的蠢行！”

伯爵吓了一跳。在余烬城这样评价龙骑兵，会被抓进监狱受尽极刑的。他回头一看，发现了穿便装的蕾姆。

“长官！”伯爵刚想立正敬礼，被蕾姆一把拉住手臂。

“长官，你找我？”伯爵实在不知道说什么好。

蕾姆微微一笑：“确切地说，是我在等你。”

“等我？”伯爵一脸狐疑，“我几乎从不到这里来，你怎么可能知道今天我会在这里？”

“你是从 18 世纪穿越过来的吗？”蕾姆指着周围的摄像头，“只要把你的照片输入追寻系统，就能准确定位，比你去厕所找茅坑都容易！”

这句话确实把伯爵惊着了。对于常年在蛮荒之地活动的他来说，电都是一种可望而不可即的奢侈品，更别说遍布全城的隐形天网了。

“长官，你找我有啥事？对了，那天我一时冲动揪你衣领子，是我的错，我现在向你隆重道歉！”

“地狱猎兵不都是以请客喝酒的方式道歉吗？”

伯爵模仿文艺复兴时期的绅士，躬身行礼：“如果您接受我的邀请，我备感荣幸。我知道一家非常不错的地下酒吧，您肯定没去过那种。”

“先欠着，我今天没空。”蕾姆从口袋里掏出车钥匙，在伯爵面前晃了晃，“你先跟我去办点儿正事儿。”

无论表情还是语气，蕾姆都不像开玩笑。伯爵不敢多问，默默地跟着她走下天桥。

蕾姆没有驾驶军车，而是驾驶红白相间的保时捷 K6。在蛮荒之地，很难看到这种崭新的高档豪车。

当伯爵的屁股落在车内柔软的真皮座椅上，他才意识到自己还是第一次坐这种电驱跑车。移动沙发的舒适感、可以忽略不计的马达声、简约而又前卫的内饰设计，无不彰显着奢华与高科技，与他接触到的笨重组装车简直有天壤之别。

“今天路上这么堵，是你们训练闹的吗？”伯爵看了蕾姆一眼，没话找话。

“堵吗？我怎么不觉得？”蕾姆猛打方向盘，保时捷 K6 便驶入应急通道。

远处两个治安团的士兵立即横在应急通道上。不远处的路灯下，一个“狂战士”机器人也转过身，把手里的霰弹枪瞄准保时捷 K6。

伯爵见状，立即坐直身子。

蕾姆淡定如初，减缓车速，在士兵面前停下，把左手伸出车窗。

士兵用腕装电脑在蕾姆小臂下方扫了一下，蕾姆的身份信息瞬间出现在屏幕上。

士兵冲蕾姆敬礼，大声说："报告中尉，我们在执行任务，请您出示任务代码。"

蕾姆冷冷地问道："你们既然查明了我的身份，还要任务代码吗？能通融一下吗？"

两个士兵面露难色，转瞬又敬礼，大声说："报告中尉，我们奉命执行任务，请您配合！"

蕾姆见士兵不放行，把头稍稍探出窗外，招手示意一个士兵过来，压低声音说："R101090B。"

"谢谢中尉配合！"士兵把任务代码快速输入腕装电脑，屏幕却弹出"A 级机密"一行字母。

A 级机密，不是普通士兵能过问的，他们立即放行。

保时捷 K6 轰鸣着，驶过城门和检查站，一路向北，进入隔离区。

"现在能不能告诉我，你要拉我去哪里？干什么？"伯爵看了几眼蕾姆，鼓足勇气问。

蕾姆直视前方："瞎问什么，到地方你就知道了！"

"我实在想象不出，孤男寡女跑到荒郊野外能干什么！旅游观光？说出来连我自己都不信！"

"愿信不信！"蕾姆冷笑道，"你的荤段子还是留给北镇的老妓女听吧！"

伯爵又看了蕾姆几眼："你能不能稍微暗示一下，总得让我有点儿心理准备吧？"

"找东西！"蕾姆一脚踩下去，保时捷 K6 猛然前蹿。

第十三章　夜的低语

虽然身边有大树，脚下是杂草，耳畔吹山风，端木夜雨却感觉自己站在一个十字路口，不知道往哪个方向走。

在微弱的天光之下，他勉强看到远处有一个模糊的轮廓，像屋顶，又像平顶松。

他和艾丽已经走很远了，天色再暗下去，很难辨别方向，行走就更不容易了。

不知什么鸟，突然从他头顶一声不响地掠过，让他内心猛然一颤。

“艾丽！”他大声喊道。他想通过艾丽的回应，确认一下自己的位置。

艾丽没有回应。周围死一般寂静。这是自从他进入余烬城地区以后，最孤独最无助的时刻。

他扔下怀里的柴火，朝模糊的轮廓径直跑过去。在做出这个决定前，他确认他应该是往南跑，也就是地图上标注的B点方向。

他加快脚步，很快就来到一棵大树下。

他发现，这不仅是一棵树，还是一个屋——树上建造一个屋。螺旋形金属梯子围绕树干盘旋而上，直达小屋门口。

看小屋的样子，既不像无业游民拼凑的栖身窝棚，也不像职业士兵搭建的岗哨。他在蛮荒之地见过这种树屋，供守林人存放工具和晚上休息。

端木夜雨绕着大树转了一圈，观望良久，却迟迟没有踏上梯子。

“你在干什么呢？”艾丽在他身后有气无力地问。

端木夜雨吓了一跳，猛然转身，果然是艾丽。他满脸狐疑地问：“你怎么跟猫似的，走路一点儿动静都没有？你是怎么过来的，不是说好在原地休息恢复体力吗？”

“你撕心裂肺地惨叫，我能放心休息吗？”艾丽把左轮手枪塞进口袋里，“我以为你遇到危险了呢！”

“把枪给我，我上去看看。”端木夜雨把手伸到艾丽面前。

“你会用吗？”艾丽把枪掏出来。

“拜托，我是听着枪声长大的！”端木夜雨接过枪，“那个伯爵，两天前我还开枪救过他的命呢。”

“伯爵？是哪个贵人？”艾丽惊讶地问道。余烬城是君主立宪制城邦，官员不应该有爵位。

“哪是贵人，一个大叔而已。”端木夜雨还想介绍详细一点儿，可是他对伯爵的认知仅此而已。

他怕艾丽追问，赶紧踏上梯子。

梯子的做工非常粗糙，且非常陡，连扶手都没有。端木夜雨爬上去，梯子“吱嘎”作响，好像随时都会散架。

木屋的门没有上锁。端木夜雨把耳朵贴在门上听了一会儿，里面没有任何动静。他哈着腰，用肩膀慢慢顶开木门。

艾丽也摸上来，小心翼翼地跟在端木夜雨身后。

木屋里漆黑一片，借助门外的天光，端木夜雨勉强看到一张桌子和一张床铺。确认屋内没人之后，他走进去，在桌上床上摸到很多东西。在屋里无法辨认它们是什么东西，他就把它们拿到门口细看。

“起子、美工刀、胶带，这是什么？”端木夜雨摆弄着一个圆柱状物体。那东西一端有镜片，一端有握力器模样的压阀。他下意识地按了两下，里面发出“嘎巴”声。

“它对咱们来说，可是救命神器。”艾丽接过去，握住它的两端，顺时针轻轻一转，镜片里出现微黄的光，一闪而熄。

“手电筒？！”端木夜雨惊叫道，随后又摇头叹气，“可惜没电了。”

艾丽没有说话，快速按动压阀。几分钟之后，一道昏黄的光束从镜片里射出，照亮半个木屋。

“这是什么原理？怎么突然又有电了？”端木夜雨问。

“这是机械动力发电手电筒，按压压阀能就发电，便于野外使用。”艾丽解释道。

端木夜雨慨叹道：“这玩意儿对蛮荒之地的人太有用了，应该人手一个。”

“你还是想想我们怎么活到——”站在床边的艾丽突然一头栽倒在床上，再无声息。她手中的手电筒掉到地上，滚到端木夜雨脚下，转眼间收回光束，屋内的一切迅速融入黑暗之中。

端木夜雨意识到艾丽出了问题，一步蹿到床边，低声呼喊：“艾丽，你怎么了？”

艾丽没有回应。

伯爵对夜晚的玉米地总有一种莫名的畏惧。

夜风吹过，玉米秆发出“沙沙”的声响，让他感觉有人或者猛兽会从里面蹿出来，在他毫无防备的时候扑向他。

他浑身起了一层肉眼可见的鸡皮疙瘩，下意识地紧了紧衣领，掏出烟准备点燃，想了想，又把烟和打火机装进口袋。

他身后的蕾姆，将冲锋枪折叠式枪托拉出来，端在手里。

“短剑冲锋枪？”伯爵听到响声，回头看了看蕾姆手里的枪，“按规定，龙骑兵不是只能使用统一的制式武器吗？”

蕾姆让他看看枪口上的消音器：“自己置办的，私人财产！”

“城里不是禁止个人拥有武器吗？”伯爵一边问，一边徒手走进玉米地。

“城里还禁止杀人呢，不也是天天有人被杀嘛！”蕾姆警惕地四下察看，紧紧跟在伯爵身后，压低声音，“现在的余烬城，法律比北美洲任何城市都多，杀人放火的人一点儿也没见少。所以嘛，法律是法律，现实是现实。”

伯爵不再说话，用手电筒照着脚下察看，确定这里就是端木夜雨击毙大妈的地方后才说道：“你说得没错，有时候法律只对遵守法律的人起作用。我听说城里正在召集所有拥有D级材料的机构，进行一项大规模实验，是真的吗？”

蕾姆见他这么问，心里暗暗吃惊：“这种绝密级信息，你听谁说的？别问我，我级别低，啥都不知道。”

“你刚才不是说，法律是法律，现实是现实嘛。你都能私自置办这么高级的冲锋枪，我在余烬城混了这么多年，就不能掌握一点儿小道消息？”伯爵嬉笑道，“知道就说吧，伊阿索公司研制出什么新药？治疗胰腺癌还是白亡症？”

“知道多了，就离死不远了。活体实验严重违反国际法和医学伦理，余烬城早就全面禁止这类研究项目。你专注点儿，该干啥就干啥！”蕾姆用枪口捅了捅伯爵的后背，“想多了，累人，也连累人！”

“小心走火！”伯爵停住脚步，手电筒的光束在地面上来回扫动，“这里就是那天的案发现场。”

“你稀里糊涂的，没搞错吧？”蕾姆也举着手电筒四下察看。

“男人跟女人是有区别的，别拿你的卡尺量我，不好使！”伯爵一本正经地看着蕾姆，“需要我立下责任状不？”

“等你学会写字再立吧！”蕾姆没好气地讥讽道，“鹅呢？那个大妈不是抱着一只鹅吗？”

“大姐，那是一只鹅，长着双脚和翅膀呱呱乱叫的活鹅，当时动静那么大，只要它没被打死，能不跑吗？”

对于伯爵的挖苦，雷姆本不想争辩，转念一想，觉得有必要跟他较真：“那个大妈能携带技术含量极高的生物武器，那只鹅就不能是生物武器？”

“明目张胆地携带生物武器进入余烬城？她的脑袋里得长多大的瘤啊！”伯爵对蕾姆的提示不屑一顾。

“小点儿声！”蕾姆指指四周，尽力压低嗓门，“反正那些掌握高科技的专家博士都惊呆了。”

伯爵心想，能让那些见多识广的专家博士惊呆的生物武器，杀伤力应该有多大呢？能毁灭地球吗？于是，他也压低嗓门问：“那是什么东西，有多厉害？”

“没使用之前，鬼才知道它有多厉害。我只知道它非常精巧。”雷姆说，“我敢确定，如果那只鹅也按照手魔的标准制作，那天死在这里的人，应该是你而不是她。”

“手——手魔？”伯爵愣了，“到底是什么东西？”

“说了你也不懂！”蕾姆不耐烦地晃动枪口，“你还是想想怎么找到那只鹅吧！”

伯爵蹲在地上，一边寻找鹅的足迹，一边说：“被无业游民捡去炖了，被野狼野狗吃了，或者如你所说，是生物武器，即便中枪也能跑。”

“但愿不是最后一种情况！”蕾姆说，“不管它去哪儿了，活要见鹅，死要见尸，否则任何推理都是百无一用。”

“血渍还在呢。”伯爵摸摸玉米秆上的血渍，把手指放在鼻子下面闻了闻，“看不出是人血还是鹅血。要是让几条智能犬循味儿去找，没准儿能有发现。”

蕾姆知道伯爵在余烬城里挺能混的，和三教九流五行八作的人都有联系，但他随口说出“智能犬”这种绝密级军工产品，还是让她大吃一惊。截至目前，即便在龙骑兵内部，也只有高级别的几个人知道。

“什么智能不智能的，狗就是狗。求狗不如求你，赶紧想办法。”因为这个话题涉密，蕾姆立即转移话题。

“那是狼，不是狗！”伯爵站起来，直视蕾姆，“所谓智能犬，就是把狼的基因优化后的高科技产品，是转基因动物！”

蕾姆愣了，没想到他知道得如此详细。

让她更想不到的是，他还做了进一步解释：“上个月巡逻时，镰仓队长在隔离区打死一头野狼，就被龙骑兵抓起来讯问几个小时。我当时就觉得不正常，便托人打听。”

蕾姆暗想，一个文盲都能打听到军工绝密级项目，看来余烬城的情报系统，就是千疮百孔的漏勺，没被联合国重建委员会铲平真是一个奇迹。

“狼也好，狗也罢，凭我现有的权限都弄不到。现在我能动用的力量，除了你，就是我。别问为什么，你懂的！”蕾姆吼道。

“空手套白狼，还不让吵吵，我无能为力。”伯爵凑到蕾姆面前，“大姐，在这种密不透风的玉米地里，无论找无业游民还是找大鹅，一百个人都不一定够用。”

伯爵说的是事实，蕾姆没有训斥他。就在她思索下一步怎么办时，身后忽然传来低沉的轰鸣声。她赶紧蹲下身子，打开短剑冲锋枪的保险。

伯爵随之蹲下，摸遍全身才摸出一个打火机。

“你就不应该把车停在路边，太扎眼了。”伯爵小声抱怨。

蕾姆刚想让伯爵闭嘴时，轰鸣声戛然而止，变成更加沉重的脚步声和机械关节摩擦声。

通过声音判断，蕾姆大概判断出什么东西在向他们靠近，但她不敢松懈，对准声源举起突击步枪，打开全息瞄准仪。

沉重的脚步声消失，一道刺眼的强光射过来，晃得蕾姆和伯爵不由自主地用手遮挡眼睛。

柔美的电子合成的女中音传来：“里面的人出来！这里有热感仪，你们藏不住的，立即放下武器，走出玉米地！”

“是‘狂战士’，它配备热感成像仪，我们猫不住的。”蕾姆放下枪，站起来往外走。

伯爵只能看到前方白花花一片，根本看不到“狂战士”战斗机器人。

“黑灯瞎火的，它跑到这里干什么？不会失控了吧？会不会乱杀人？”伯爵躲在蕾姆身后，小声嘀咕，“按理说不会啊，铁骨城生产的机器人，号称使用七级逻辑模块，失控率为零。”

“闭嘴！”蕾姆低声呵斥伯爵。她走出玉米地，把短剑冲锋枪举过头顶，清清嗓子，“我是龙骑兵中尉蕾——”

“蕾姆中尉，你怎么钻玉米地啊？”前面的人油腔滑调地问。

“爱德华 · 阿尔伯特！”蕾姆打量前面的人，情不自禁地慨叹道，“今天我怎么这么倒霉呢？”

金发褐眼的帅小伙从装甲车旁走过来，手里拿着微型平板电脑，背后跟着一个穿着连衣裙的怯生生小姑娘。

伯爵打量来人，小声问蕾姆：“看穿着像龙骑兵的军爷，你的上级？”

“闭嘴！”蕾姆回头瞪了伯爵一眼，转身把枪收好，换了一副笑脸，“阿尔伯特少尉，你又为什么会在这里呢？”

阿尔伯特指指旁边的保时捷 K6：“如果我没记错的话，上次咱们约会时，你就开这辆车吧？”

伯爵低声问：“你们约过会？”

蕾姆一肘砸在毫无防备的伯爵胸口的同时，沉下脸问阿尔伯特：“少尉，回答我，你为什么会把‘狂战士’弄到这里来？”她不等阿尔伯特回答，又问，“所有镇暴车都归治安团管理，你应该不是治安团的人吧？”

“公务。”阿尔伯特嬉笑着举起手里的平板电脑，“这么晚了，你和这个家伙钻玉米地，应该也是公务，对吧？”

“我们当然是公务！”蕾姆走到阿尔伯特面前，指着伯爵说，“别家伙家伙的，他是地狱猎兵的人。”

“代号伯爵，地狱猎兵镰仓小队副队长，真名未登记。”阿尔伯特身后的女孩露出半个脑袋，盯着伯爵，左眼不停地闪烁着微微绿光，“获得两枚路西法纹章，拥有弥赛亚区北街一个居住箱产权。”

蕾姆盯着女孩问："你是研究中心的光头女孩？"

女孩用力抹了抹戴着一枚怪异发卡的秃头："只是——生发剂还没有产生效果。我有名字，我叫——"

阿尔伯特把女孩挡在身后，阴阳怪气地对蕾姆说："我们就不打搅两位执行公务了。这里挺冷的，你们悠着点儿！"说完，他做个鬼脸，一本正经地敬礼，然后拽着女孩走向镇暴车。

那个"狂战士"机器人熄灭探照灯，迈着沉重的步伐跟着阿尔伯特身后，走向镇暴车。

镇暴车学名叫"半自主设备输送单元"，是铁骨城出口"狂战士"机器人的配套产品。一部镇暴车可以携带两个"狂战士"机器人，无须人为操控，能够二十四小时在指定地点巡逻或是待命。一旦有需要，通过余烬城治安监控网络系统，把它派往指定地点。

如果"狂战士"机器人搭载最新式的燃料电池，可以独立活动八个多小时。它们和镇暴车上电瓶相连时，工作时长会成倍增加。

正常情况下，一辆镇暴车内搭载两个"狂战士"机器人和辅助装备后，就没有多少空间了。然而这辆镇暴车内，撤掉一个"狂战士"机器人，换装一张躺椅、一块坐垫和一个控制台。

女孩进入镇暴车，躺在躺椅上。"狂战士"机器人四肢环抱成团，蜷缩在支架上。

舱门缓缓合拢。“走吧。”阿尔伯特打了个响指，女孩启动无人驾驶模式，镇暴车立即启动，晃晃悠悠地向余烬城北部边界驶去。

镇暴车的轮子既窄又小，在平坦的柏油马路上，尚且还能平稳行驶，但在乡间坑洼不平的泥泞道路上，就会异常颠簸。

“我觉得——”双目微闭的女孩，突然莫名地说道，“你喜欢蕾姆，对吧？”

“你和谁说话呢？霍尔博士？”阿尔伯特看了看控制台上闪烁不定的数据与图形，确定不是霍尔发过来的天书般数据，“你和我说话啊？你怎么看出来的？”

“我只是觉得你们有夫妻相。你们都是金色头发，个子都很高，而且——”女孩突然睁开眼睛，盯着阿尔伯特，“我说对了？”见阿尔伯特没说话，她坐直身子，“你喜欢这种类型啊，我还以为你喜欢年轻貌美的呢。”

“集中注意力，别把车开到沟里去！”阿尔伯特一脸甜蜜，斜靠着舱门。

“活得真够累的！”女孩平躺在躺椅上，把右手放在额头上，喃喃自语，“那个叫贝塞里安的地狱猎兵，我们还会见到他的。”

这个话题似乎让阿尔伯特更感兴趣，连忙问道：“为什么？”

“而且很快。”女孩答非所问，嘴角浮出一丝淡淡的笑意。

艾丽醒来时，端木夜雨正在伏案认真翻看一个小册子。她轻微的翻动声，让他猛然坐起，用手电筒的光束寻找她。

艾丽挣扎着坐起，懵懂地看着端木夜雨：“我——我怎么在床上？”

“没事儿，没事儿。你可能是太累了，坐到床上就睡着了。你喝点儿水吧！”端木夜雨把一个搪瓷碗送艾丽嘴边。

“哪儿来的水？”艾丽迟疑地看着端木夜雨。

“喝吧，肯定是干净水，我已经喝不少了，没问题的。”端木夜雨笑着说。

喉咙里的燥热，让艾丽无法想得更细，接过搪瓷碗，大口大口地喝下去。

“慢慢喝，别呛着。”端木夜雨说，“这水嘛，应该是地狱猎兵留给我们的。”

艾丽猛地拿走嘴边的搪瓷碗，惊讶地问：“你找到B点了？”

端木夜雨点点头：“这里就是B点！”

艾丽四下张望：“补给袋呢？”

端木夜雨把手电筒的光束移到桌面上：“我只发现了一桶水、一个防毒面具和一本《地狱猎兵职业手册》。”

“我能看看那个手册吗？”

“当然可以。”端木夜雨起身把手册递给艾丽，羞涩地说，“我看了半天，也没有看懂。”

“为什么？”艾丽疑惑地问。

端木夜雨挠挠头：“我——我不认识这种字。”

“不认识还看什么！”艾丽借助手电筒光束，看到脏兮兮的封面上，画着一个像匹诺曹似的小丑，戴着羽帽叉着腰，手里拄着一杆前帝国时代的来福枪，一行字母印在下方不起眼的位置——地狱猎兵职业手册。

“这是德语。”艾丽说，“这应该是——普鲁士人创建地狱猎兵时——刊发的第一版。”她看看封底，“嗯，确实是第一版。”

“德语？你能看懂吗？”端木夜雨有点儿失望。

“懂一点儿。”艾丽翻开手册，里面竟然是卡通绘本，不时出现血腥暴力的画面。其中许多内容即便不看图释，也能明白个大概。

她指着第一页的文字读道：“只有活下来的人，才是真正的地狱猎兵。”她合上手册，“咱们记住这句话就行了，其他不用看。你说的防毒面具在哪里？”

“在这儿。”端木夜雨放下手电筒，小心翼翼地捧起桌上的潜水呼吸器，送到艾丽面前，“它的样子有点儿怪，和我以前见过的防毒面具都不一样。”

“哈哈！”艾丽接过去看了看，忍不住笑道，“这不是防毒面具，是潜水呼吸器！”

“潜水呼吸器？”端木夜雨拿过来又看了看，“潜水呼吸器原来长这样啊。”他放下潜水呼吸器，从怀里摸出地图，摊在床上，“你瞧，C 点在湖中心，对不对？”

“我们寻找的东西难道在湖里？”艾丽看看潜水呼吸器，又看看地图。

“那可麻烦了，我不会潜水啊！”端木夜雨挠挠头，“这可怎么办？”

“我也不会潜水，不过我会游泳，可以试试。”艾丽说完，猛烈咳嗽几声。

端木夜雨伸手拍打艾丽的后背。他的手刚触及她的背，赶紧缩回：“你身上怎么这么烫？你病了吧？”

艾丽淡淡地说：“没事儿，死不了的。我好像没睡醒，浑身疼，再躺一会儿。”她说完，蜷缩着躺在床上，“还有吃的吗？”

端木夜雨又挠挠头，为难地说：“吃的，吃的——”

艾丽盯着端木夜雨，冷冷地问：“都被你吃了？”

“怎么可能？！”端木夜雨拿过已经拆封、露出一半的压缩饼干，“就是这玩意儿，根本不能吃，不信你自己看。”

艾丽接过去，抽出里面的杏黄色棒状物，闻了闻，捏了捏，放下了。她确定，这绝对不是追求色香味俱全的伊普西龙公司产品。

艾丽重新躺下，重重地喘着粗气："这是他们——故意——设计的，折磨我们的。"

"肯定是那个变态的花乃子出的馊主意！"端木夜雨愤愤地说，"她就是故意刁难我们，不想让我们通过测试！"

"不要抱怨。我们的现状已经最差了，再差还能差到哪儿去？"艾丽把棒状物扔到地上，有气无力地说，"每个人——都有自己的命运——"

"喂，你不能睡啊！"端木夜雨担心艾丽昏死过去，抓住她的手狠狠摇动，"你得先保住命，没有命哪还有运？"

艾丽闭着眼睛，说："别摇了——我死不了——我是——是姐妹会的——圣武士——我必须——"

艾丽这么说，端木夜雨稍稍放心，轻声说："你好好休息吧，明天的事情明天再说。"他的话音未落，手电筒闪了两下，随后屋内陷入黑暗。

端木夜雨急忙摸到手电筒，拼命按。

艾丽拍拍他的后背："没电正好，你也——休息吧，时间应该不早了！"

"也对！"端木夜雨起身离开床沿，"明天还要潜水呢。我们现在最应该做的，就是恢复体力。"

他摸到墙角坐下，盯着床上发愣。他从来没有和女孩子在一间房子里过夜，浑身莫名的燥热，任凭他怎么调整呼吸，内心就是无法平静下来。

他听不见艾丽均匀的呼吸声，鼓了几次勇气后，才轻声问："艾丽，你睡着了吗？"

艾丽无力地回答："还没有。你有事儿？"

端木夜雨还真没有想好自己为什么和她说话，于是没话硬找话："刚才你睡觉的时候，高喊'别这样''别过来'，是不是做噩梦了？"

艾丽说："我没有印象，我都不知道自己怎么睡着的。"

艾丽一句话就把话题封死，让端木夜雨很尴尬，又不想就这样沉默下去，于是问道："你加入的姐妹会，到底是什么组织？"

"慈善机构。"艾丽声音很低，像自言自语，"称颂神、赞美神、信赖神、依靠神的慈善机构。"

"以前有两拨人到我家传教。"端木夜雨伸出两根手指，意识到艾丽不一定看得到，就放下了，"一拨带着枪，穿着迷彩服，自称'福音圣军'；另一拨由武装人员护送，看样子像真正的信徒，他们的组织名称叫什么来着？想起来了，叫'天堂之门'。"

艾丽淡淡地说："邪教。"

"什么教？"

"邪教。"艾丽翻了个身，"那些内心空虚的人，很容易——被似是而非的先知蛊惑。"

"内心空虚的人？是不是活得很痛苦的人？你加入姐妹

会，是不是也因为内心空虚？”

“我没有时间空虚！”艾丽又翻了个身，“我睡了，晚安！”

“好，我也睡了。晚安！”

“没有时间空虚，到底空虚不空虚？”端木夜雨反复揣摩这句话。

这一夜，他的内心，注定无法平静。